남도문학기행

남도문학기행

김대현·임형·이현주·김선태·이대흠·김수형 **지음**

심미안

『남도문학기행』을 펴내면서

'남도南道'라는 말은 전라남도라는 지역의 명칭이자, 전라남도만이 지니고 있는 고유한 문화의 통칭이다. 그냥 '전남'이라 하지 않고 굳이 '남도'라고 칭하는 것도 이 말이 지닌 문화적 속성 때문이다. 물론 현재의 행정 단위로는 광주와 전남을 함께 가리키는 말이다. 광주광역시와 전라남도는 오랫동안 하나의 행정 조직이었기 때문이다. 따라서 '남도문학'이라 함은 타 지역과 구별되는 남도만의 정체성과 독자성을 지닌 문학을 뜻한다.

예로부터 남도는 '예향藝鄉'·'의향義鄉'·'문향文鄉'으로 불려왔다. 이는 문학을 비롯한 남도만의 예술적 전통이 오늘에까지 면면히 살아 숨쉬기 때문일 것이다. 온난한 기후와 비옥한 토양이라는 지리적 여건으로 인해 남도인들은 풍부한 감수성을 지닌 문학적, 예술적 기질을 갖추게 되었다. 그런데 한편으로는 오랫동안 정치적 주변부에 속해 있었던 역사적 여건으로 말미암아 남도인의 문학예술적 태도는 민중의 삶에 더 굳건하게 뿌리를 두었다. 이러한 여건에 따라 문학예술도 논리적이고 설명적인 서사(산문散文)보다, 즉흥적이고 감성적인 서정(운문韻文)의 성향이 강했다고도 할 수 있다.

여러 문학과 예술 중에서도 남도를 예향으로 자리매김하는 데 가장 중요한 역할을 담당한 것은 담양을 중심으로 집중적인 누정문화를 형성하고, 이를 기반으로 문학적 흥취를 발현시켜 온 조선시대 시가문학이라고 할 수 있다. 가사문학으로도 중시되는 남도의 시가문학은 여러 문학예술 영역 중에서도 오래된 전통을 지니고 있을 뿐만 아니라, 이 지역의 정서와 사상을 집약적으로 담고 있다고 할 수 있다.

　남도의 전통적인 문학정신은 풍류정신과 저항정신으로 양분할 수 있다고도 한다. 이는 이 지역에 많이 자생하는 '대[竹]'에 빗대어 설명되기도 한다. 즉 대나무가 태평세월에는 피리(악기)가 되지만, 난세에는 죽창(무기)이 된다는 것이다. 이러한 대나무의 정신은 인심이 후하고 풍류를 좋아하되, 불의를 보면 못 참는 남도인의 기질과도 그대로 연결된다. 판소리와 창·민요·무가로 대표되는 남도 풍류 가락의 전통과 광주학생운동과 여순항쟁, 5·18광주민주화운동으로 대표되는 남도의 저항운동이 그 좋은 본보기라고 할 수 있다. 남도문학은 이 두 가지 문학정신의 전통을 면면히 이어받아 오늘에 이르렀다고 할 수 있다.

남도의 고전문학을 대표하는 시가문학과 판소리문학은 조선시대 우리나라 문학의 주요한 흐름이기도 하였다. 남도 땅에서 창작된 수십만 수가 넘는 시가문학 작품이 지닌 문학적인 풍류와 저항의 운문정신 그리고 판소리문학이 지닌 풍자와 해학의 산문정신은 현대로 이어져 남도의 현대시와 현대소설을 꽃피우는 밑거름이 되었다. 그리하여 남도는 반도의 끄트머리인 변방에 자리한 지정학적 여건의 불리함에도 불구하고 뛰어난 작가를 다수 배출하여 기념비적인 작품을 창작함으로써 한국문학 발전의 견인차 역할을 수행해왔다. 그러기에 남도문학이 지닌 문학정신과 독특한 지역성은 한국현대문학의 넓이와 깊이를 더하는 데 크게 기여하였다. 또한 시대와 사회의 변화에 따라 문학의 양식적 변화를 도모한 강력한 진원지 역시 남도 땅이라고 할 수 있다.

　　그런데 남도에 이렇듯 혁혁한 문학 자산이 산재하고 있음에도 불구하고 지금껏 그 현장들을 총체적으로 다룬 기행서를 찾아보기 어려운 게 사실이다. 이에 남도문학을 공부하고 수시로 현장을 찾아다니던 전공자 6명이 뜻을 합하여 남도문학기행서를 펴내기로 하였다. 전남대학교 김대현 교수 등 3명이 고전문학 쪽의 대표 문인 20명을 선정하고, 목포대학교 김선태 교수 등 3명이 현대문학 쪽의 대표 문인 16명을 선정하여 각각 집필하였다.

이 문학기행서의 특징은 첫째로, 장르를 고전문학과 현대문학으로 양분했지만 한 권으로 통합하였다는 점이다. 둘째로, 답사나 기행을 하는 사람들의 편리를 위해 대표 문인들을 시대별, 지역별로 나누었다는 점이다. 셋째로, 대표 문인이나 대표작과 관련한 문학 현장을 직접 답사하고 안내했다는 점이다. 무엇보다도 발품을 팔았기에 가능했던 위 세 번째 내용은 우리 필자들의 큰 보람이다. 아무쪼록 이 책이 남도 땅을 사랑하는 사람들은 물론 말로만 듣던 남도문학의 현장을 직접 답사하고자 하는 사람들에게 친절한 길라잡이가 되기를 바라 마지않는다. 끝으로 이 책이 나올 수 있도록 지원해주신 전라남도·(재)전남인재평생교육진흥원에 감사의 마음을 전한다.

2023년 여름 저자 일동

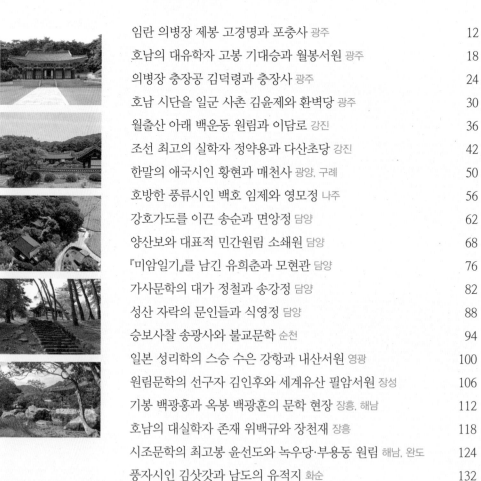

현대문학편

고전문학편

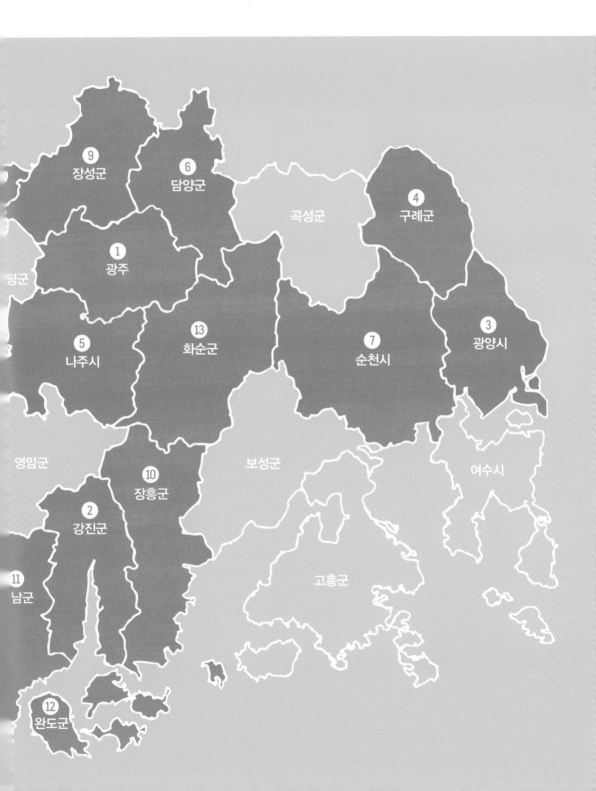

임란 의병장 제봉 고경명과 포충사

작가 소개

조선 중기의 문신 고경명高敬命(1533~1592)의 본관은 장흥으로 자는 이순而順이고 호는 제봉霽峯·태헌苔軒이며 시호는 충렬忠烈이다. 광주 압보촌(현 남구 압촌동)에서 태어났다. 1552년(명종7)에 진사가 되었고, 1558년 식년문과에 장원급제한 이후 성균관전적, 정언, 홍문관교리, 영암군수 등 여러 관직을 거쳤으며, 서장관으로 명나라에도 다녀왔다. 1591년 동래부사로 있다가 그만두고 낙향했다.

1592년 고경명의 나이 60세 때 임진왜란이 일어나자 김천일·박광옥과 의병을 일으킬 것을 약속하였다. 각 도의 수령과 백성에게 격문을 돌려 30일 만에 6,000여 명의 의병을 모아 6월 1일 담양 추성관秋城館에서 출병하였다. 호남 최초의 의병이며 단일 의병부대로는 가장 대규모의 부대였다. 진군하여 충청남도 금산에서 왜군과 싸우다가 아들 고인후와 함께 장렬하게 전사하였다. 큰아들 고종후도 1593년 진주성 싸움에서 전사하였다. 사후에 좌찬성에 추증되었다. 광주의 포충사, 금산의 성곡서원과 종용사, 순창의 화산서원 등에 배향되었다.

시·글씨·그림에 능하였으며, 유집으로 아들 고용후高用厚가 편집·간행한 『제봉집』, 각처에 보낸 격문을 모은 『정기록正氣錄』 등이 있다.

제봉 고경명 초상

작품세계와 문학적 평가

고경명은 당대의 많은 문인들과 교유하며 임억령, 김성원, 정철과 더불어 식영정 4선四仙으로 불렸다. 1,000여 수에 이르는 한시 등 많은 문학 작품을 남겼는데, 한시 중에는 「응제어병 62영」을 비롯해 「식영정 20영」, 「면앙정 30영」, 「모산 8영」, 「춘호 10영」 등의 연작시가 많다. 또한 기행문인 『유서석록遊瑞石錄』을 포함하여 무등산과 관련된 문학작품을 다수 남겼다.

正色黃爲貴	바른 빛이라고 귀하게 여기는 노랑색
天姿白亦奇	타고난 본래 색깔 흰색도 기특하다네
世人看自別	세상 사람이야 그 색깔 구별하려 하겠지만
均是傲霜枝	다 같이 서리를 견뎌내는 가지인 것을

– 「영황백이국詠黃白二菊·황백 두 국화를 읊음」

노란색과 백색으로 핀 두 국화를 읊은 시로 오상고절傲霜孤節의 의미를
되새기게 하는 오언절구이다.

蘆洲風颭雪漫空　　갈대밭에 바람 일어 눈이 흩날리는데
沽酒歸來繫短蓬　　술을 받아 돌아오느라 작은 배를 매었네
橫笛數聲江月白　　비껴 부는 젓대 소리에 강 위의 달빛은 희고
宿禽飛起渚烟中　　자던 새는 안개 낀 물가로 날아오르는구나

－「어주도漁舟圖·고깃배 그림」

영산강의 고깃배를 그린 어주도를 보고 지은 제화시 작품이다. 작가가
향리에 머문 동안에 지은 시로 풍류의 격조를 한층 높이고 있다.

　　선생은 먼저 냉천정冷泉亭에 이르러서 뒤에 오는 사람을 기다렸다. 샘
은 나무 아래에서 솟아나와, 바위틈 사이로 흘렀는데, 그 차갑기는 도솔
사兜率寺의 것에 조금 못 미쳤으나, 달고 맛있기는 그보다 훨씬 나았다.
　　입석으로부터 동쪽은 길이 높고 험하여 모두 반석이 있는데, 마치 자
리를 평편하게 펴놓고 옆으로 펼쳐 놓은 것 같았다. 지팡이 소리가 쟁그
랑거리고, 나무 그림자는 흔들거리는데, 혹은 쉬고 혹은 걸으니 뜻과 가
는 것이 여유가 있었다. 이에 낭선浪仙의 '삭계수변신數憩樹邊身(자주 나
무 곁에서 몸을 쉬게 한다)'의 구절이 정경을 잘 묘사하여, 완연히 천년
뒤에도 눈에 있도록 함을 알게 되었다.

－「유서석록」 부분

제봉의 나이 40세 때 1574년(선조7) 광주목사로 있던 74세의 갈천葛
川 임훈林薰의 요청으로 고향의 명산 서석산(무등산)에 함께 오르게 되었

 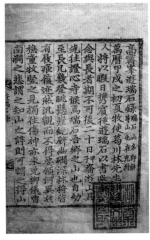

좌 고경명의 『유서석록』 표지　우 고경명의 『유서석록』 원문

다. 『유서석록』은 이때 유람의 계기나 경로 그리고 그곳에서 느낀 생각들을 정리하여 쓴 기행문이다. 갈천 선생에 대한 흠모와 이전의 무등산 유람에서는 미처 느끼지 못하던 흥취와 깨달음을 옛 시구들을 인용해 가며 유려한 문장으로 기록하였다. 오늘날 무등산 등산기록인 '무등산 유람기'는 국한문 혼용체를 포함하여 약 30여 편에 이르고 있다. 그 가운데 제봉의 『유서석록』은 한문 작품으로는 가장 장편으로 무등산의 대표적인 인문자원이라고 할 수 있다.

문학 현장 – 『제봉집』 목판과 포충사褒忠祠
(주소 : 광주 남구 포충로767)

광주에서 나주 쪽으로 광목간 국도 1호선을 타고 가다 보면 오른쪽으로 대촌동 가는 길이 있다. 이 길을 따라 1km쯤 들어가면 호남의 대표적 호국선열유적지인 포충사가 나온다. 임진왜란 때 호남의병의 선봉인 고경명과 종후, 인후 3부자와 부장 유팽로, 안영 등 5인의 선열을 모시고 있는 사당이다. 임진왜란이 끝난 뒤 호남 유생들의 건의로 조정에서는

포충사

제봉 고경명 묘소

1603년(선조36) 선생의 사당에 '포충'이란 액호를 내리고 예관을 보내 제사를 지내게 하였다.

충노비

포충사는 1865년 대원군이 전국의 서원을 철폐할 때도 장성의 필암서원과 함께 폐쇄되지 않았다. 포충사에서 특히 이채로운 것은 홍살문 옆에 있는 봉이鳳伊와 귀인貴仁의 비문이다. 이들은 고경명의 충직스러운 노비로, 주인과 함께 의병에 참가하여 금산싸움에서 고경명과 고인후 부자가 전사하자 그 시신을 거두어 정성껏 장사지냈다. 이듬해에는 집안을 지키고 있던 고경명의 장자 종후를 따라 진주성 전투에 참가하여 왜적과 싸우다가 순절한 충의의 인물들이다.

본래의 사당과 동·서재는 그 자리에 원형 그대로 비교적 잘 보존되어 있으며 1980년 새로이 사당과 유물전시관(정기관正氣館), 내·외삼문과 정화비 등을 건립하였다. 1974년 5월 광주광역시기념물 제7호로 지정되었다. 유물전시관에는『제봉집』목판 481매와 교지, 마상격문 등이 전시되어 있다.

전남 장성군 장성읍 오동촌길72-1 제봉산 자락에는 고경명의 묘가 있다. 명당으로 알려진 이곳은 임금께 받은 사패지賜牌地이다. 제봉각 앞에는 윤근수가 지은「고경명장군 신도비」가 세워져 있다.

호남의 대유학자 고봉 기대승과 월봉서원

작가 소개

고봉 기대승 초상

조선 중기의 대유학자인 기대승奇大升 (1527~1572)은 행주가 본관으로 자는 명언 明彦, 호는 고봉高峯·존재存齋이며 시호는 문 헌文憲이다. 1549년(명종4) 사마시를 거쳐 1558년 식년문과에 급제하였다. 이후 신진 사류의 영수로 지목되어 훈구파에 의해 밀 려났다가 1567년에 복직되어 원접사의 종사 관이 되었다. 선조 때는 전한典翰이 되어 기 묘명현인 조광조, 이언적에 대한 추증을 건 의하였다. 우부승지, 대사성, 부제학을 거쳐 대사간을 지내다가 병으로 그만두고 귀향하는 도중 고부에서 45세의 나 이로 운명하였다. 종계변무宗系辨誣의 주문을 지은 공으로 광국공신 3등 에 책록되었고 덕원군德原君에 봉해졌다.

고봉은 어려서부터 재주가 특출하여 시문으로 이름을 떨쳤을 뿐만 아 니라, 고금에 통달하여 31세 때『주자대전』을 발췌하여『주자문록』을 편 찬할 만큼 주자학에 정진하였다. 정지운의『천명도설』을 보고 퇴계 이황

월봉서원

장판각

을 찾아가 의견을 나누었다. 그 뒤 퇴계와 12년에 걸쳐 서신을 교환하였는데, 그 가운데 1559년에서 1566년까지 8년 동안 사단칠정을 주제로 논란을 벌인 편지『양선생사칠이기왕복설兩先生四七理氣往復說』 2권이 남아 있다.

퇴계는 그의 학식을 존중하여 많은 나이 차이에도 불구하고 고봉을 늘 대등한 입장으로 대하였다 한다. 그는 고봉에 대해 "조정에 나오지 않았을 때도 이름이 원근에 퍼졌고, 나오자마자 온 나라의 이목이 그에게 쏠렸다. 태극을 논함에 있어 충분히 사람의 의사를 개발해주고 사람의 안목을 열어주었으므로 비로소 호남에 이와 같은 인물이 있다는 것을 알았다."라고 하였다. 주요 저서로『고봉집』,『주자문록』,『논사록』등이 있다.

작품세계와 문학적 평가

고봉은 700수가 넘는 한시를 지은 문인이다. 그의 시에는 학자로서의 모습뿐만 아니라 계절의 변화나 마주치는 작은 사물에도 기뻐하고 슬퍼

하는 섬세한 감성이 넘실거린다. 면앙정·소쇄원·환벽당·식영정 등 호남의
누정문학 곳곳에도 그의 자취가 남아 있다.

> 호사코 부귀키야 신릉군信陵君만 할가만는
> 백년이 못하여 무덤 우희 밧츨가니
> 허물며 여나문 장부야 일너 무삼하리요

　중국 위나라 출신으로 전국시대의 4공자로 불리는 신릉군 위무기는
식객을 3천 명이나 거느린 호사스럽고 부귀한 존재였지만, 죽음 앞에서
는 어찌할 수 없었다. 그가 죽고 나서 백 년도 못 되어서, 사람들은 그의
무덤 위에 밭을 만들었다고 한다. 그러니 평범한 인간들이야 말할 것도
없다는, 인생무상을 읊은 시조이다.

春到山中亦已遲	산중에 봄빛이 또 이미 늦었으니
桃花初落蕨芽肥	복숭아꽃 지고 고사리 싹 돋아나네
破鐺煮酒仍孤酌	깨진 냄비에 술을 데워 혼자서 마시고
醉臥松根無是非	소나무 밑에 취해 누우니 시비가 없구나

－「우음偶吟·우연히 읊다」

瑞石名山峙海壖	서석의 명산 바닷가에 솟았으니
蓬瀛風日正依然	봉영의 바람과 햇볕 참으로 비슷하여라
羣仙更莫慳淸邃	신선들아 맑고 깊음 아끼지 마라
我亦今來最上巔	나도 이제 가장 높은 곳에 왔노라

－「도규봉到圭峯·규봉에 이르다」

吾生著飮酒	내 인생 술 마시기에 집착하여

爛醉作生涯	실컷 취해 한 생애를 살았네
遇事傷多誤	일하면 잘못이 많아 상심되고
持心患太差	마음가짐이 너무 어긋나 걱정이었지
病因妨食發	병은 해로운 음식에서 일어나고
狂向易言加	광기는 쉽게 내뱉는 말에서 더해졌지
安得常知戒	어찌하면 늘 경계하는 법을 배워
從容滌滓查	내 안의 찌꺼기를 조용히 씻어낼까

－「우제遇題·우연히 짓다」

「우음」에서 자연을 벗 삼고 인간사 시비를 벗어나고픈 마음을, 「도규봉」에서는 무등산에 오른 감흥을 읊고 있다. 「우제」에서 자신의 과오를 돌이켜 반성하고 마음가짐이 흐트러지지 않도록 경계하는 모습은 군자가 마땅히 취해야 할 삶의 자세임을 보여준다.

문학 현장 – 기대승의 학덕 추모, 월봉서원月峯書院
(주소 : 광주광역시 광산구 광곡길133)

황룡강을 따라서 광주에서 장성 쪽으로 가다가 보면 오른편에 '너브실'이란 큰 마을이 나온다. 마을 골목을 통해 안쪽으로 들어가면 잘 꾸며진 월봉서원이 있다. 1575년(선조8)에 고봉의 학덕을 추모하기 위하여 김계휘 등이 중심이 되어 광산 신룡동에 망천사望川祠를 창건하고 위패를 봉안하였다. 그러나 임란 때 피해를 입은 후, 1646년에 백우산 기슭 지금의 광곡(너브실)마을로 이전하여 1654년(효종5)에 '월봉月峯'이라는 사액을 받았다.

1671년에 송시열 등의 건의로 인근의 덕산사德山祠에 모셔져 있던 눌재 박상과 사암 박순의 위패를 이향하였으며, 1683년에 사계 김장생, 1769년에 신독재 김집을 추가로 배향하였다. 당시의 경내 건물로는 사우를 비

월봉서원 묘정비

롯하여 충신당忠信堂·존성재存省齋·명성재明誠齋·유영루遊泳樓·내삼문內三門
등이 있었다.

　1868년 대원군의 서원철폐령으로 훼철된 뒤, 1938년부터 점차적으로
건물을 복원하여 1991년 현재의 모습이 되었다. 서원 내부 강당의 한가운
데에는 '빙월당氷月堂'이란 편액이 있다. 이 당호는 정조가 내린 것으로 기
대승의 고결한 학덕을 '빙심설월氷心雪月(맑은 달과 깨끗한 얼음처럼 청렴
한 마음)'에 비유한 것이다. 빙월당은 광주광역시기념물 제9호로 지정되
었다. 강당 옆 장판각에는 『고봉집』, 『이기왕복서』 등의 목판 474매와 유
품이 보관되어 있다. 문집 15책은 1907년에 고봉의 11대손 기동준 등 일
족에 의해 간행되었고 한국고전번역원에서 최근에 번역 출판되었다.

　서원 옆에 조성된 '철학자의 길'로 오르다 보면 고봉의 묘소가 나온다.

의병장 충장공 김덕령과 충장사

작가 소개

　김덕령金德齡(1567~1596)은 임진왜란 당시 의병장이다. 자는 경수景樹, 시호는 충장忠壯이고 본관은 광산으로 광주 석저촌石低村(현 충효동)에서 출생하였다. 우계 성혼의 문인으로 어려서부터 무예를 연마하였고, 임진왜란이 일어나자 형 덕홍德弘과 함께 의병을 일으켰다. 고경명의 막하에서 전라도 경내로 침입하는 왜적을 물리치기 위해 전주에 이르렀을 때 돌아가서 어머니를 봉양하라는 형의 권고에 따라 귀향하였다.

　1593년 어머님이 돌아가신 후, 담양부사 이경린李景麟 등의 권유로 담양에서 의병을 일으켜 세력을 크게 떨치자, 선조로부터 형조좌랑의 직함과 함께 충용장忠勇將의 군호를 받았다. 1594년 지략과 용맹이 알려져 세자로부터 익호장군翼虎將軍의 칭호를 받았다. 이어서 선전관에 임명되어 권율 장군의 휘하에서 영남 서부 지역의 방어를 맡았다. 1595년 고성에 상륙하는 왜병을 기습 격퇴하여, '석저장군'으로 그 이름이 널리 알려졌다.

　1596년 도체찰사 윤근수의 노비를 장살杖殺하여 한때 투옥되었으나 왕명으로 석방되자 이때부터 왕의 신임을 질투하는 대신들과의 갈등이 시작되었다. 그해 7월 이몽학李夢鶴의 모반을 토벌하러 출정하였다가, 무고

충장공 김덕령   충장공 김덕령 비

를 받아 고문당한 끝에 옥사하였다. 사후에 억울함이 풀려 병조판서에 추
증되었다. 1678년(숙종4) 벽진서원碧津書院(후에 의열사義烈祠)에 제향되
었다. 1788년 정조대왕이 '충장공忠壯公'이란 시호를 내렸으며 장군이 태
어난 마을 석저촌을 충효의 고을이라 하여 '충효리'로 바꾸도록 하였다.

작품세계와 문학적 평가

絃歌不是英雄事   거문고와 노래는 영웅의 일이 아니니
劍舞要須玉帳遊   칼춤 추며 모름지기 옥 장막에서 놀아야지
佗日洗兵歸去後   훗날 전쟁 끝내고 고향으로 돌아간 뒤에는
江湖漁釣更何求   강호에서 고기나 낚지 다시 무엇을 원하리오

－「군중작軍中作·군중에서 짓다」

취가정 일원

취가정

이 작품은 군대가 집결해 있는 곳에서 지은 시이다. 의병 활동을 할 무렵 무인으로서 호기가 잘 나타나지만, 한편으론 귀향에 대한 소박한 꿈을 꾸었음을 알 수 있다.

춘산에 불이 나니 못다 핀 꽃 다 붓난다
저 뫼 저 불은 끌 물이나 있거니와
이 몸에 내 업슨 불 이러나니 끌 물 없서 하노라

— 「춘산곡春山曲·봄산의 노래」

충용장군 김덕령이 무고로 20여 일간의 혹독한 고문을 받던 중 후유증으로 죽기 전에 지은 시조이다. '임진왜란'이라는 불은 끌 수 있으나 '연기 없는 불' 같은 자신의 억울한 분노는 끌 수 없음을 한탄하고 있다.

此曲無人聞	이 곡조 들어주는 이 없구나
我不要醉花月	나는 꽃이나 달에 취하고 싶지도 않고
我不要樹功勳	나는 공훈을 세우고 싶지 않아
樹功勳也是浮雲	공훈을 세우는 것은 뜬구름이요
醉花月也是浮雲	꽃과 달에 취하는 것도 뜬구름이라
醉時歌	술에 취해 부른 노래여
無人知我心	내 마음 알아주는 이 없으니
只願長劒奉明君	다만 긴 칼로 밝은 임금 모시길 바랄 뿐이라

— 「취시가醉時歌·술에 취해 부른 노래」

김덕령의 사후, 당대의 문장가인 석주 권필은 어느 날 꿈속에서 김덕령의 시집을 얻는다. 첫 번째 작품이 「취시가」였다. 꽃과 달에 취하거나 공훈을 세우는 것은 모두 뜬구름과 같아 아무런 쓸모가 없다는 의미이다.

나라에 충성할 뿐 다른 것을 바란 것은 아니라는 뜻으로 이해할 수 있다. 이에 권필은 다음과 같은 화답시를 남겼다.

將軍昔日把金戈　　지난날 장군께서 쇠창을 잡으셨더니
壯志中摧奈命何　　장한 뜻 중도에 꺾이니 천명을 어찌하리
地下英靈無限恨　　돌아가신 그 넋의 그지없는 눈물
分明一曲醉時歌　　분명한 한 곡조 취시가로 읊으셨네

　　김덕령의 뛰어난 용력과 억울한 죽음에 대한 사실은 『연려실기술』,『동야휘집』,『풍암집화』,『대동기문』 등에 문헌설화로 실려 널리 전한다. 구전설화도 아주 다양하여, 무등산 설화의 중심인물이 되었다. 이는 좌절당한 민족적 영웅의 모습으로 영웅설화의 맥을 잇는 중요한 설화이다. 이들 설화를 바탕으로 「임진록」이나 「김덕령전」이라는 고전소설이 만들어졌다.

문학 현장 – 김덕령의 위패 등을 모신 충장사忠壯祠
(주소 : 광주광역시 북구 송강로13)

　　광주 시내에서 잣고개를 넘어 무등산 산장 방향으로 오르다 보면, 왼편 산자락에 충장사가 있다. 광주호를 지나 충효동 쪽으로 오르는 길도 있다. 충장사는 김덕령의 위패를 모신 벽진서원이 대원군 때 철폐된 이후 1975년에 광주 금곡동 배재마을에 이어 현재 위치로 옮겨져 복원, 건립되었다.

　　김덕령의 영정과 교지가 봉안되어 있는 사우인 충장사, 동재와 서재, 은륜비각과 해설비, 유물관, 충용문, 익호문 등이 세워져 있다. 유물관에는 중요민속자료로 지정된 김덕령 장군 의복과 장군의 묘에서 출토된 관곽, 친필 등이 전시되어 있다. 사당 뒤쪽 언덕에는 김덕령의 묘소를 비롯한 가족묘가 있다.

충장사

　광주광역시 충효동 환벽당에서 창계천 물길을 따라 약 2백m 정도 가면 오른편 야트막한 산 위에 취가정(광주광역시 북구 환벽당길 42-2)이 있다. 이곳은 1890년에 김덕령의 후손 김만식金晩植이 충장공 김덕령 장군의 넋을 기리기 위해 세운 정자이다.

　권필의 꿈속에서 김덕령이 부른 「취시가」에서 누정의 이름을 따와서 '취가정'이라 하였다. 1950년 한국전쟁으로 소실된 것을 1955년 중건하였다.

호남 시단을 일군 사촌 김윤제와 환벽당

작가 소개

김윤제金允悌(1501~1572)의 자는 공로恭老, 호는 사촌沙村, 본관은 광산이다. 광주 충효동에서 출생하였다. 1528년에 진사가 되었고, 1531년에 문과에 급제하였다. 직강, 홍문관교리, 전중어사 겸 춘추관 편수관을 역임하였고 전주진영 병마절도사, 부안군수, 나주목사, 남원도호부 판관 등 13개 고을에 원님으로 나갔다.

을사사화가 일어나자 고향인 광주로 돌아와 환벽당을 짓고 만년을 보냈다. 그는 환벽당에 은거하면서 후인의 교육에 전념하여 정철, 김성원, 김덕홍, 김덕령 등을 가르치고, 그를 찾아온 당시 호남의 이름난 명사들과 시단을 형성하였다. 그가 교유한 사람들은 면앙정 송순, 석천 임억령, 하서 김인후, 양곡 소세양, 소쇄옹 양산보, 송천 양응정, 고봉 기대승, 고암 양자징, 제봉 고경명, 옥봉 백광훈 등이다.

이들은 대부분 호남의 문인으로 상호 간의 정신적 유대를 깊이 하고자 시를 수창하였는데, 기묘사화와 을사사화를 거치면서 시대적인 의식을 같이했던 명현들이었다. 이들은 또한 학문의 맥을 같이했던 인물들로 호남의 여러 누정시단에서 함께 활동하였다.

환벽당 전경

작품세계와 문학적 평가

환벽당을 배경으로 지은 시들에는 당시 호남시단의 시적 아름다움이 엿보인다. 환벽당 시의 시인들은 주로 호남시단의 중심인물들이었기 때문이다. 다만 환벽당의 주인이었던 김윤제의 문집은 전해지지 않고 있어 아쉬움이 크다. 환벽당과 관련된 흩어져 있는 시에 대한 체계적인 조사와 정리가 필요하다.

松下澄潭巖上亭	솔 아래 맑은 못 바위 위의 정자
十分淸境仙遊庭	더없이 맑은 이곳 바로 신선이 노는 뜰이구나
一來猿鶴爭嘲笑	원숭이와 학들이 와서 다투어 나를 비웃는 듯
其奈人間蒙未醒	어찌 속세의 꿈을 깨지 못하느냐고

— 송순, 「문부안쉬금공공로래우환벽정聞扶安倅金公恭老來寓環碧亭·
부안군수 김공로가 환벽당에 머문다는 말을 듣고」

김윤제가 환벽당에 머문다는 소식을 듣고 송순이 지은 시 4수 중 첫째 작품이다. 김윤제를 신선의 경지에 도달한 사람으로 칭송하는 한편 자신은 아직도 속세의 미련을 버리지 못한 사람으로 겸허하게 낮추고 있다.

烟氣兼雲氣	안개 피고 구름 기운 펼쳐진 속에
琴聲雜水聲	거문고와 물소리가 섞여 들리는구나
夕陽乘醉返	해 저물어 취객 태워 돌아가는지
沙路竹輿鳴	모랫길엔 대가마 소리만 울리네

— 임억령, 「환벽당環碧堂」

이 시는 표면적으로는 환벽당 주변의 배경과 소리를 소재로 한 폭의 그림으로 그렸지만, 그 속에는 도도한 취흥에 젖어 풍류를 즐기는 사촌

만산이 두른 곳에 시내 한 줄기 흐르는 곳, 환벽당

과 석천의 운치를 함축적으로 표현하였다. 임억령은 또 다른 환벽당 시에서 "만산위처일천횡萬山圍處一川橫(만산이 두른 곳에 시내 한 줄기 흐르는 곳)/취후빙헌학배명醉後憑軒鶴背明(취하여 난간에 기대니 학이 내려다보이네)"라고 환벽당의 공간과 운치를 노래하였다.

碧澗冷冷瀉玉聲　　푸른 시내 졸졸졸 구슬 소리 쏟아내니

五更秋枕酒初醒　　가을 새벽 베갯머리 술에서 막 깨어났네

沙翁去後增嗚咽　　사촌옹이 가신 뒤에 목멘 심정 보태어져

風樹興懷不忍聽　　풍수지탄 감회 일어 차마 소리 못 듣겠네

　　　　　　　　　　　　－ 정철,「제벽간당題碧澗堂·벽간당에서 쓰다」

환벽당

이 시의 뒤에는 "사촌옹이 무등산 아래 집을 짓고 하루는 손수 초가집
북쪽 벽에다 '벽간당'이라 썼다. 옹이 세상을 떠나신 후 그 자손이 추모하
여 시를 청하므로 가슴 아파 슬픔을 머금고 노래를 지었다."라는 설명이
붙어 있다.

문학 현장 – 호남 시인 묵객들과 환벽당環碧堂
(주소 : 광주광역시 북구 환벽당길10)

광주호 상류 창계천 가의 충효마을 쪽 언덕 위에는 누정 하나가 세워
져 있다. 이곳이 바로 사촌 김윤제가 건립한 환벽당이다. 창계천 옆길을
따라 상류로 조금 올라가다 보면 정자 입구가 나오는데, 키 낮은 쪽문으
로 머리를 구부리고 들어가 가파르게 계단을 한참 올라가다 보면 환벽당
이 자리하고 있다.

환벽당 현판

이 건물은 정면 3칸에 측면 2칸의 팔작지붕으로 되어 있다. 가운데 2칸을 방으로 하여 앞쪽과 오른쪽을 마루로 깐 변형된 형식이다. 원래는 전통적 누정 형식이었으나 후대에 증축하면서 현재의 모습으로 바뀐 것으로 보인다. 누정 이름은 주변이 모두 푸르름으로 둘러싸여 있다는 데에서 유래한 이름이다. 고경명의 『유서석록』에 의하면 영천 신잠이 '환벽당'이라 편액하였다고 하며, 글씨는 우암 송시열이 쓴 행서로 강건함이 배어 있다. 광주시 기념물 제1호였는데, 최근에 다시 국가지정 명승 107호로 되었다.

환벽당 아래 창계천의 깊은 물웅덩이를 용소龍沼라 한다. 전해지는 이야기로는 환벽당에서 사촌이 낮잠을 자는데 용소에서 청룡이 하늘로 승천하는 꿈을 꾸었다는 것이다. 꿈에서 깨어나 이를 괴상하게 여긴 사촌이 살펴보니 용소에서 사내아이가 멱을 감고 있었다. 그가 바로 송강 정철이었던 것이다. 사촌이 그 아이를 불러 문답하는 중에 그 영특함에 놀라 자기 문하에 두어 학문을 닦게 하였고 그를 외손녀 사위로까지 삼았다. 용소 옆에는 사촌이나 송강 등이 낚시를 했다는 조대釣臺가 남아 있다.

월출산 아래 백운동 원림과 이담로

작가 소개

백운동 원림을 조성한 이담로李聃老(1627~1701)는 본관이 원주이고 호는 백운동은白雲洞隱이다. 부친 이빈李彬은 소과의 생원시와 진사시를 모두 합격하고 문과에 급제하여 관직에 나아갔다. 그 부친의 영향으로 이 담로도 과거공부를 하였으나 뜻을 이루지 못하고 둘째 손자 이언길李彦吉 을 데리고 백운동으로 들어와 은거하였다.

이담로의 6대손인 자이당 이시헌李時憲은 이담로에 대해 "뜻과 행실이 고결한 분으로 백운별서를 짓고 거문고와 책을 스스로 즐겼다."라고 묘사 하였다. 다산의 제자이기도 한 이시헌은 선대의 문집, 행록과 필묵을 『백 운세수첩白雲世守帖』으로 묶었다. 그 발문에서도 백운산장은 6대조 처사공 이 짓고, 고조부 졸암공이 물려받아 전수했다고 하였다. 처사공은 이담로 이고, 졸암공은 이담로의 손자인 이언길李彦吉이다.

작품세계와 문학적 평가

강진 백운동 원림은 후손들과 명사들이 남긴 문학작품에 자주 등장한 다. 조선 후기 문인들인 신명규, 남구만, 임영, 김창흡, 정약용, 초의선사 등이 즐겨 찾아 시문을 남겼다.

백운동 원림

초의선사가 그린 「백운동도」

또 조선 중기 학자인 인계 송익휘宋翼輝도 제주도로 유배 갔다가 귀양
에서 풀려 돌아오던 1744년 3월에 백운동을 찾아 「백운동 10수」를 남겼다.
그중 제8수에서 이담로의 후손으로 백운동에 머물며 학문에 정진하고 있
던 이의경을 향하여 "희군시십찬림구喜君詩什燦琳球(옥구슬처럼 찬란한 그대
시를 좋아하니)/고조희음경여유古調希音境與幽(옛 율조 귀한 가락 그 모습
그윽하네)"라고 하였다. 당시에도 백운동 원림은 시향詩鄕이 되어 있었다.

夾岸油茶樹　　　 언덕을 끼고 심은 동백나무

今成滿路陰　　　 이제는 길을 온통 그늘로 만드네

頭頭結蓓蕾　　　 가지마다 꽃봉오리 맺혀 있으니

留作歲寒心　　　 한겨울의 차가운 마음을 남겨둔 것이네

— 정약용, 「산다경山茶徑·동백숲길」

백운동암각서

快瀉千峯雨	천봉에 비가 쏟아지더니
分飛百道泉	냇물이 백 개의 길로 나뉘어 날리네
都從楓樹裏	모두 단풍나무 속을 따라
衝過竹亭前	죽정 앞을 부딪치며 지나가는구나

— 초의선사, 「홍옥폭紅玉瀑·홍옥폭포」

　　다산초당에서 유배생활을 하던 정약용은 1812년 가을 월출산에 나들이한다. 그 후 백운동의 풍광에 감탄하여 시를 짓고, 초의선사에게 모두 12경에 이르는 「백운동도白雲洞圖」를 그리게 했다. 다산은 백운동의 절경을 담은 총 14수의 시를 완성하였는데, 자신이 8수(옥판봉, 산다경, 백매오, 유상곡수, 창하벽, 정유강, 모란체, 취미선방)의 시를 짓고, 초의선사에게 3수(홍옥폭, 풍단, 정선대), 제자 윤동에게 1수(운당원)를 쓰게 하여

정선대

『백운첩』에 담아 백운동 4대 주인인 이덕휘에게 선물했다.

문학 현장 – 『백운첩』과 백운동 원림白雲洞 園林
(주소 : 전남 강진군 성전면 월하안운길100–639)

남한의 소금강이라 불리는 월출산의 남쪽, 우뚝 솟은 바위산의 절경이 한눈에 바라보이는 곳에 백운동 원림이 자리하고 있다. 담양 소쇄원, 완도 부용동과 함께 호남 3대 민간 원림으로 알려져 있다. 이담로는 그의 「백운동명설白雲洞名說」에서 "백운동은 월출산 옛 백운사 기슭에 자리하고 있다. 앞쪽에는 오를 수 있는 석대가 있고, 뒤쪽으로는 층암이 우뚝 솟아 있다. 송죽이 우거져 길은 어둡고 맑은 시냇물이 비쳐 흐른다. 시냇물을 끌어와 아홉 구비를 만드니 섬돌을 따라 물소리가 들린다. 냇가 바위 위에 '백운동'이라고 새긴 세 글자가 있으니, 옛 이름을 그대로 드러내어 그

전말을 기록하노라."라고 하였다.

　백운동 원림은 오랜 세월 동안 원형을 잃었으나 최근 다산의 『백운첩』을 참고로 복원되었다. 이곳은 외담을 기준으로 외원과 내원으로 구별할 수 있다. 외원에는 백운동이라는 글자를 새긴 표지석, 풍류를 즐겼던 정선대가 있다. 내원에는 2개의 지당池塘이 있는데, 계곡의 물을 끌어와 지당과 연결해 만든 유상곡수流觴曲水가 백미다. 그리고 초정과 사랑채, 본채가 각종 수목과 어우러져 있다.

　현재 백운동 원림은 이담로의 12대손인 이승현 씨가 가꾸면서 지키고 있다. 이곳은 또한 우리나라 최초의 차와 담배에 관한 기록들이 발견된 곳으로 다산과 초의선사, 이시헌 등이 차를 만들고 즐기던 차 문화의 산실이다. 이시헌의 후손인 이한영은 일제가 품질 좋은 차를 대량으로 수탈해 가던 1920년대에 '백운옥판차'를 제조 판매하며 민족정기를 이어갔다. 그의 고손녀인 이현정이 차 문화의 전통을 잇고 있다. 국가지정문화재 명승 제115호이며 강진군에서 2004년 11월 향토문화유산 22호로 지정하여 관리하고 있다.

조선 최고의 실학자 정약용과 다산초당

작가 소개

조선 후기 실학의 대가 정약용丁若鏞(1762~1836)의 본관은 나주이다. 자는 미용美鏞, 호는 사암俟菴, 다산茶山, 여유당與猶堂 등이다. 아버지는 진주목사를 지낸 정재원丁載遠이며, 어머니는 해남윤씨로 공재 윤두서의 손녀이다. 정약현, 정약전, 정약종에 이어 넷째로 태어났다. 15세 때 풍천홍씨와 혼인하여 아들 학연學淵과 학유學游를 두었다.

16세가 되던 1776년에는 당시 문필로 이름을 떨쳤던 이가환과 우리나라 최초의 천주교 세례자인 자형 이승훈을 통해 경세치용을 중시하는 성호 이익의 학문을 접하게 된다. 1789년에 식년문과에 급제하여 벼슬길에 오른 이후 그의 재주를 아낀 정조로부터 10년 동안 특별한 총애를 받으며 동부승지, 형조참의 등을 두루 역임하였다. 특히 1789년에는 한강 배다리 설계에 관여하고, 1793년에는 수원성 설계도와 거중기, 활차(도르래) 등을 만들었다.

남인 가문 출신으로 천주교에 관심을 두고 있다가 정조 임금이 승하한 후 천주교 신앙과 관련된 혐의로 1801년 경상도 장기로 유배되었다. 그러나 이후 발생한 '황사영백서사건黃嗣永帛書事件'의 여파로 다시 문초를 받고 전라도 강진으로 이배되었다. 이 시절 혜장선사를 만나 유불상교의 인연

다산 정약용 영정

을 맺고, 1808년 봄에 다산초당으로 옮기게 된다.

　그는 18년의 유배 기간 동안 많은 제자를 거느리고 강학과 연구, 저술에 전념하여 국가의 기본제도를 개혁해야 한다는『경세유표』, 형법연구서이며 살인사건 실무지침서인『흠흠신서』, 지방관으로서 지켜야 할 준칙을 쓴『목민심서』등을 비롯하여 많은 저술을 남겼다. 1936년에 신조선사新朝鮮社에서 그동안 전해 오던 필사본을 모아 154권 76책의 방대한『여유당전서』를 만들었다. 최근에 다시『정본 여유당전서』가 38권으로 만들어졌는데, 앞으로도 더 많은 다산의 작품들이 발견될 것이다. 이 문헌들을 통하여 다산은 조선 후기 실학사상을 집대성한 인물로 평가되고 있다.

작품세계와 문학적 평가

　다산은 많은 저서와 함께 한시 또한 2,500여 수를 남기고 있다. 1829

년 다산은 "솜씨가 둔해서 '시서화 삼절' 되기를 포기한다."라며 68세 노인으로서 겸손하게 자신을 낮추기도 했다. 그러나 그는 대문장가였다. 유배지 강진에서 아들에게 보낸 편지에서 그의 문학관이 잘 드러난다. "백성을 사랑하고 근심하는 내용의 시가 아니라면, 그것은 시가 아니다. 시대를 아파하고 세속을 분개하지 않는 내용은 시가 될 수 없다."라고 하며 자신이 직접 보고 들은 백성들의 삶을 노래하였다.

棉布新治雪樣鮮	눈처럼 새하얀 새로 짜낸 무명베를
黃頭來博吏房錢	이방에게 낼 돈이라고 졸개가 와 뺏는구나
漏田督稅如星火	누전의 조세를 성화같이 독촉하여
三月中旬道發船	삼월하고 중순이면 세 실은 배를 띄운다네

— 「탐진촌요 제7수耽津村謠 7·탐진을 노래함」

다산은 실학자 문인답게, 늘 시대의 현실을 그리는 데 충실하였다. 이 시도 그중 한 수이다. 「탐진촌요」는 다산이 지금의 전남 강진인 탐진에서 유배 생활을 할 때 지은 총 15수의 연작시이다. 「탐진농가耽津農家」, 「탐진어가耽津漁歌」와 더불어 강진을 읊은 3부작이라고 말한다. 농촌의 일상뿐만 아니라 탐관오리의 횡포에 시달리는 농민들의 안타까운 삶의 모습을 사실적으로 그리고 있다. 위의 제7수는 조정으로부터 조세가 면제된 밭인데도 지방관이 억지로 조세를 매겨 독촉하는 모습을 비판한 작품이다.

蘆田少婦哭聲長	갈밭마을 젊은 아낙
	통곡 소리 그칠 줄 모르고
哭向縣門號穹蒼	관청문을 향해 울부짖다 하늘 보고 호소하네
夫征不復尙可有	정벌 나간 남편은 못 돌아오는 수는 있어도

自古未聞男絶陽	예부터 남자가 생식기를 잘랐단 말
	들어 보지 못했네
舅喪已縞兒未澡	시아버지 상에 이미 상복 입었고
	애는 아직 배냇물도 안 말랐는데
三代名簽在軍保	조자손 삼대가 다 군적에 실리다니
薄言往愬虎守閽	급하게 가서 호소해도 문지기는 호랑이요
里正咆哮牛去早	향관은 으르렁대며 마구간 소 몰아가네
(하략)	

– 「애절양哀絶陽·양경을 자른 것을 슬퍼하며」

다산은 『목민심서』에 「애절양」을 지은 동기를 적어 놓았다. 1803년 가을 강진에 있을 때 들은 이야기를 시로 적었다는 것이다. 삼정의 문란 중 군정의 문란 즉, 죽은 이나 어린아이를 군적에 올리는 백골징포, 황구첨정의 폐단이 극심하였던 조선 후기 사회의 참상을 기록한 것이다. 한 집에서 두 사람에게 군역을 부과할 수 없음에도 위 시에는 삼대를 군적에 올려놓고 결국은 소를 끌고 가버렸음을 알 수 있다.

茅店曉燈淸欲滅	초가주막 새벽 등잔불 파르라니 꺼질 듯한데
起視明星慘將別	자리에서 일어나 샛별 보니 헤어질 일 슬퍼라
脈脈嘿嘿兩無言	한참을 묵묵히 두 사람 다 말 없다가
强欲轉喉聲嗚咽	애써 목청 가다듬는데 울음만 터져 나오네
(하략)	

– 「율정별리栗亭別離·율정에서 이별하며」

다산 정약용과 형인 손암 정약전은 한양에서 함께 유배길을 나선 후 1801년 11월 21일 나주의 율정점이라는 주막에서 하룻밤을 같이 자고 다음 날 헤어져 약용은 강진으로, 약전은 흑산도로 유배를 떠난다. 이때 이별을 앞두고 형제가 그 참담한 마음을 주고받은 시가 『여유당전서』에 실려 있다. 「율정별리」는 정약용이 잠 못 이룬 새벽녘에 지은 22구의 시이다.

翩翩飛鳥	새들 우리 집 뜰에 날아와
息我庭梅	매화나무 가지에서 쉬고 있네
有烈其芳	저 매화향 짙게 풍기니
惠然其來	그 향기 사랑스러워 여기 날아왔구나
爰止爰棲	이제 여기 머물며
樂爾家室	가정 이루고 즐겁게 살거라
華之旣榮	꽃도 이미 활짝 피었으니
有蕡其實	주렁주렁 매실도 열리겠지

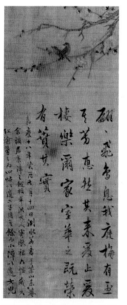

「매조도」(고려대박물관 소장)

다산의 『하피첩霞帔帖』(노을빛 치마로 만든 소책자, 보물 1683-2호, 국립민속박물관 소장)에 있는 「매조도」에 실린 시이다. 1810년 다산이 유배지 강진에 있을 때 부인 홍씨가 시집올 때 입었던 붉은 치마와 시 한 수를 보내왔다. 다산은 그 치마를 잘라 네 개의 첩을 만들어 아들들에게 당부의 말을 적어 주고 나머지 하나에 매화와 새를 그린 작품을 만들어 딸에게 주었다. 위 시에는 시집간 딸이 화목한 가정을 이루며 살아가길 바라는 아버지의 간곡한 정이 담겨 있다.

문학 현장 – 다산학의 산실 다산초당茶山草堂

(주소 : 전남 강진군 도암면 다산초당길68-35)

다산초당은 강진군 도암면 귤동마을 위편에 있다. 18년 유배 생활 중 10년 이상을 지내며 제자들을 가르치고 저술하였던 곳이다. 다산은 사의재, 고성사 보은산방 등을 거쳐 47세이던 1808년 봄에 다산의 외가 집안 사람 윤단尹慱의 정자가 있던 귤동의 초당으로 거처를 옮겼는데 이곳이 바로 다산초당이다. 다산을 초당으로 초빙한 이는 윤단의 아들인 윤규로尹奎魯였다. 윤규로는 자신의 네 아들과 조카 둘을 다산에게 배우게 했다.

다산초당은 혜장선사, 초의선사가 있던 백련사와 가깝고 백운동 원림과도 지척에 있다. 이곳에는 다산동암과 천일각, 약천, 연지석가산, 정석, 다조 등이 있다. 다산초당은 원래 초가집이었으나 1958년에 다산유적보존회 주도로 무너진 초당을 복건하면서 기와지붕으로 바뀌었다. '다

다산초당

산초당茶山艸堂'이라는 현판은 추사 김정희의 글씨를 집자해서 새긴 것이라고 한다.

사의재四宜齋(전남 강진군 강진읍 사의재길27)는 다산이 1801년 강진에 유배 와서 처음 묵은 곳이다. 사의재라는 이름은 이곳 주막집 주인의 배려로 골방 하나를 거처로 삼은 다산이 몸과 마음을 경건히 하고 교육과 학문 연구에 헌신키로 다짐하면서 방문 위에 붙인 이름이다. 그는 '사의四宜' 즉, 선비로서 마땅히 지녀야 할 네 가지 덕목으로 '사의담思宜澹(담백한 생각), 모의장貌宜莊(단정한 용모), 언의인言宜認(과묵한 언어), 동의중動宜重(신중한 행동)'을 꼽았다. 지금의 사의재 주변에는 최근 강진군에서 '사의재 저잣거리'를 조성하여 주막과 식당들이 늘어서 있으며 주민들의 휴식 공간으로 이용되고 있다. 귤동마을 근처에는 다산박물관(전남 강진군 도암면 다산로766-20)이 만들어져 있다.

천일각

다산박물관

　또 동구리호수공원(전남 화순군 화순읍 동구리1)은 다산의 아버지가 화순현감으로 있을 때, 16살의 다산이 형들과 함께 2년간 머무르며 지냈던 만연산 동림사가 있었던 곳이다. 그곳에서 과거공부를 하면서「동림사독서기」를 쓰고, 적벽과 무등산을 오르내리었다는 기록이 있다. 동림사는 폐사되었고 화순 동구리호수공원에서 만연사 가는 길목에 동림사독서기비와 다산의 시비가 있다.

한말의 애국시인 황현과 매천사

작가 소개

구한말의 유학자이자 시인이요 역사가인 황현黃玹(1855~1910)의 본관은 장수이고 자는 운경雲卿, 호는 매천梅泉이다. 전남 광양에서 출생하였으나 천사川社 왕석보王錫輔의 가르침을 받기 위해 1866년 구례로 이사해 살았다. 그는 세종조의 명재상 황희의 후손으로, 그의 집안은 인조반정 이후 몰락하여 호남지방에서 세거하였다.

매천은 시문에 능하여 1888년 생원시 복시에 장원급제하였지만 시국의 혼란함을 개탄하여 향리에 은거하였다. 1908년 후진 양성을 위해 '호양학교壺陽學校' 설립에 적극 참여하였다. 후에 매천의 제자들은 항일민족운동 및 시작 활동을 전개하였다.

1910년 한일 병합 조약이 체결되자 "나라가 선비 기르기 5백 년인데 나라가 망하는 날 한 사람 죽는 자 없다면 어찌 통탄스럽지 않겠는가?"라며 절명시絶命詩 4수를 남기고 음독·순국하였다.

이듬해 영호남 선비들의 성금으로 매천의 원고들이 상해上海에 있던 친구 김택영에게 전해져 남통南通에서 『매천집』이 출간되었다. 허세와 위선을 극히 싫어하였던 그는 지식인으로서 시대의 흐름을 읽는 안목이 남달랐다. 그의 직필直筆은 당대 '매천필하무완인梅泉筆下無完人(매천의 붓 아

매천 황현 초상

래에서는 온전한 사람이 없다)'이란 평을 들을 만큼 추상같았다. 『매천집』
외에 『매천야록』, 『오하기문』, 『동비기략』 등이 전한다. 그중 1864년 고종
1년부터 1910년 경술국치까지 한말의 역사를 낱낱이 기록한 『매천야록梅
泉野錄』은 1955년 국사편찬위원회 사료총서 제1권으로 발간되었다. 1962
년에 대한민국 건국훈장이 추서되었다.

작품세계와 문학적 평가

매천은 시문에 능하여 한시 2,500여 수를 남긴 한말 최고의 시인이다.
이건창, 김택영과 함께 한말삼재韓末三才로도 불렸으며, 당대 호남 문인들
의 중앙 문단과의 교유에 있어 중추적 역할을 했다. 매천은 구한말의 국
가적 위기의식을 가장 절실하게 느끼고 그것을 역사서뿐만 아니라 문학
작품을 통하여 구현하였다. 『매천집』은 중국에서 출판되었지만, 그 후에

김규진金圭鎭이 운영하던 서울 석정동石井洞(지금의 소공동)의 '천연당天然堂 사진관'에서

한국에서도 몇 차례 간행되었다. 그러나 아직 그의 시문집이 완전하게 정리되지 못하고 필사본으로 남아 있다.

亂離滾到白頭年	난리 속에 어느덧 백발의 나이 되었구나
幾合捐生却未然	몇 번이고 죽어야 했지만 그러지 못했네
今日眞成無可奈	오늘 참으로 어쩌지 못할 상황 되니
輝輝風燭照蒼天	바람 앞 촛불만 밝게 하늘을 비추네

— 「절명시 1絶命詩 1·목숨을 끊으며」

鳥獸哀鳴海岳嚬	새와 짐승도 슬피 울고 산하도 찡그리니
槿花世界已沈淪	무궁화 세상은 이미 망해 버렸다네
秋燈掩卷懷千古	가을 등불 아래 책 덮고 지난날 생각하니

難作人間識字人   인간 세상에 지식인 노릇 하기 어렵구나

－「절명시 3絕命詩 3·목숨을 끊으며」

　　1910년 경술국치를 당한 후, 음력 8월 7일 황현이 자결하면서 남긴 4
수의 칠언절구 중 1, 3수다. 절명시 제1수에서 그는 이미 1905년 을사년
부터 순명을 결심했다고 했다. 제3수는 망국의 상황에서 지식인의 자책
을 드러내고 있다.

　　曾不和光混塵　　　　　일찍이 세상과도 어울리지 못하고

　　亦非悲歌慷慨　　　　　비분강개 토하는 지사도 못 되었네

　　嗜讀書而不能齒文苑　　책 읽기 즐겼으나 문단에도 못 끼고

매천 황현 생가

嗜遠游而不能涉渤海　　　먼 유람 좋아해도 발해를 못 건넌 채

但嘐嘐然古之人古之人　　　그저 옛사람들만 들먹이고 있나니

問汝一生胸中有何壘塊　　　묻노라, 한평생 무슨 회한 지녔는가

－「오십오세소영자찬五十五歲小影自贊·55세의 내 작은 사진에 대한 자찬」

이 자찬은 매천이 삶을 마감하기 직전 해인 1909년에 남긴 것이다. 55세의 나이에 스스로를 돌아보면서 우국지사의 길을 가지도 못하고, 문장가로 일가를 이루지도 못한 채 진퇴양난에 처한 지식인의 고뇌가 드러나 있다.

문학 현장 – 추상같은 절의 정신 깃든 매천사梅泉祠와 호양학교壺陽學校
(주소 : 전남 구례군 광의면 월곡길22-3)

구례읍에서 지리산 노고단을 바라보고 천은사 방향으로 가다 보면 왼쪽에 매천 황현의 위패를 모신 매천사가 나온다. 전남 문화재자료 제37호이다. 매천은 광양에서 구례군 만수동(현 간전면 수평리)으로 이주한 후에 서재로 사용한 구안실과 삿갓 모양의 정자 일립정 등 초옥 몇 칸을 지어 학문 연구와 후학 양성에 전념하였다. 우물가에 매화를 심은 후, 매천으로 자신의 호를 삼았다고 한다. 1962년 매천의 순국정신을 기리기 위해 후손과 유림들이 황현이 살던 집 대월헌待月軒을 매천사로 바꾸었다. 정부는 건국훈장을 추서하여 그의 절의 정신을 기렸다. 경내에는 매천박물관이 있다.

1908년 신학문 교육의 필요성을 인식하고 광의면 지천리에 구례 사립호양학교壺陽學校가 설립되었다. 1920년 폐교되었던 그 자리에 2006년 6월 건물을 복원하여 학생들의 예절교육 및 정신교육장으로 활용하고 있다.

매천의 생가(전라남도 광양시 봉강면 서석길14-3)는 2002년에 광양

매천사

시에서 복원하였다. 정면 5칸 측면 3칸의 한식 목조 초가지붕이다. 생가 근처에 매천황현유적공원이 조성되었다. 매천묘역 아래로 문병란 시인의 헌시비와 황현의 절명시비를 세우고 그를 추모하는 영모재와 창의정을 세워 매천의 충절을 기리고 있다.

호방한 풍류시인 백호 임제와 영모정

작가 소개

　조선 중기의 풍류 시인 임제林悌(1549~1587)의 본관은 나주이다. 자는 자순子順이며, 호는 백호白湖, 겸재謙齋이다. 1570년(선조3) 22세 되던 겨울날 충청도를 거쳐 서울로 가는 길에 쓴 시가 대곡大谷 성운成運(1497~1579)에게 전해진 것이 계기가 되어 성운을 스승으로 모셨다고 한다. 속리산에 있던 성운의 문하에서 수학하다가 1576년(선조9)에 생원, 진사 양시에 합격했으며, 이듬해 알성문과에 을과로 급제하여 벼슬길에 나아가 흥양현감, 서북도병마평사 등을 지냈다.

　백호는 성품이 강직하면서도 자유분방하며 문장이 시원스러웠다. 당파 싸움을 개탄하고 벼슬에 환멸을 느껴 유람을 시작했으며 가는 곳마다 많은 일화를 남겼다. 서북도병마평사로 임명되어 임지로 부임하는 길에 황진이의 무덤을 찾아가 술을 따르고 시조 한 수를 남겼던 일과 기생 한우와 화답하는 시에 얽힌 일화로도 유명하다. 검劍과 피리를 좋아하여 늘 지니고 다녔으며, 명산을 찾아 시문을 지으며 호방하게 즐기다 39세에 요절하였다. 이러한 일화로 인해 사람들은 그를 기이한 인물로 평하기도 했으나, 그의 문장은 매우 높이 평가하였다. 「화사」, 「원생몽유록」, 「수성지」 등 3편의 한문소설과 시조 3수, 시문집으로 『임백호집』을 비롯하여

백호 임제 초상

최근에 소개된 『겸재유고』 등이 전한다.

작품세계와 문학적 평가

백호는 조선 중기의 대표적인 작가이다. 자유분방한 성격에 풍류적인 삶을 영위한 그는 시조, 한시, 소설 등 많은 작품을 남겼다. 그의 문학은 인간 본연의 정감을 중시하는 개성적인 작품으로 호남지방의 서정적인 문학 경향을 선도하고 있다. 또한 그는 민족의 자주권을 확립하려는 민족 의식을 지니고 있었다.

청초 우거진 골에 자는다 누엇는다

홍안을 어듸 두고 백골만 뭇혓는다

잔잡아 권하리 업슨이 그를 슬허하노라

영모정 전경

영모정

북천이 맑다커늘 우장업시 길을 난이

산에는 눈이 오고 들에는 찬비로다

오늘은 찬비 마잣시니 얼어잘까 하노라

위 두 편의 시조는 황진이의 묘 앞에서 읊은 것과 기생 한우와의 화답
시이다. 구속 없이 자유분방하게 풍류를 즐기며 살던 백호의 모습이 잘
나타난 시조이다.

十五越溪女	열다섯 살 아리따운 아가씨
羞人無語別	수줍어 말 못한 채 이별하고
歸來掩重門	돌아와서 덧문을 굳게 닫고는
泣向梨花月	배꽃 사이 달을 보며 눈물짓네

－「무어별無語別·말 없는 이별」

浿江兒女踏春陽	평양의 처녀들 봄나들이 나왔는데
江上垂楊正斷腸	강가 수양버들 애를 끊게 하는구나
無限烟絲若可織	저 많은 버들강아지 모아서 짤 수만 있다면
爲君裁作舞衣裳	님을 위해 춤옷을 지어 드릴 텐데

－「패강가浿江歌·패강의 노래」

백호의 여성주의적이며 서정적인 문학 경향이 잘 드러나는 작품들이
다. 「무어별」은 절실한 사랑을 마음속으로만 간직한 채 남모르게 눈물을
흘리는 여인의 심상을 섬세하게 반영한 작품이다. 「패강가」는 1583년 임
제가 평안도 도사로 있던 시절 대동강에서 노니면서 지은 것으로 추정된
다. 대동강 가에 봄나들이 나온 처녀들의 마음을 잘 묘사하고 있다.

또한 백호는 「화사」, 「원생몽유록」, 「수성지」 등 한문소설 세 편을 남겼

다. 「화사花史」는 매화와 모란, 연꽃을 의인화하여 각각 사계절의 군왕으로 삼고, 계절에 따른 여러 꽃들을 충신과 간신, 역신, 은일지사 등으로 비유하여 국가의 흥망성쇠를 그렸다. 「원생몽유록元生夢遊錄」은 생육신의 한 사람인 원호元昊를 주인공으로 하여 사육신과 단종의 사후 생활을 그린 작품이다. 「수성지愁城誌」는 작자가 북평사에서 서평사로 전출할 때 현실에 대한 불만과 울적한 심회를 의인법을 사용하여 표현한 작품이다. 그밖에도 제주도 기행문인 「남명소승南溟小乘」을 비롯하여, 여러 산문 작품도 남기고 있다.

문학 현장 – 물곡사비勿哭辭碑와 영모정永慕亭·백호문학관
(주소 : 전남 나주시 다시면 회진길14–22)

남도의 들녘을 적시며 유유히 흘러가는 영산강을 따라가 본다. 최근에 잘 형성된 강변길을 따라 영산포에서 다시면 방향으로 가다 보면 구진포가 나오고, 좀 더 가면 오른쪽 언덕 풍광 좋은 곳에 영모정이 자리하고 있

물곡사비

다. 영모정은 1520년 귀래정歸來亭 임붕林鵬이 지은 정자이다. 정자의 원래 이름은 귀래정이었다. 임붕이 죽자 임복, 임진 두 아들이 아버지를 추모하기 위해 귀래정을 재건하면서 영모정으로 이름을 바꾸었다. 이곳에서 백호 임제는 어린 시절 글을 깨우치고 시심을 키웠다.

영모정 아래에는 그의 '물곡사비勿哭辭碑'가 세워져 있다. 39세로 요절하면서 그의 가족들에게 "사

백호임제문학관

이팔만四夷八蠻 개호칭제皆呼稱帝 유독조선唯獨朝鮮 입주중국入主中國 아생하위我生何爲 아사하위我死何爲 물곡勿哭(사방 모든 나라가 황제라고 칭하지 않은 나라가 없는데 유독 조선만이 중국을 주인으로 섬겨 스스로 황제라 칭하지 못하니, 내가 살아서 무엇 하고 죽어서 무엇 하겠느냐? 곡을 하지 마라.)"이라고 했다는 일화는 그의 기개를 말해주고 남음이 있다.

영모정 옆 회진마을 입구에는 2013년에 백호문학관이 건립되었다. 지상 3층 규모로, 수장고와 집필실, 문학사랑방과 전시실 등을 갖추고 있는데, 전시관에는 백호의 문집, 젊은 시절 복암사에서 공부할 때 썼다는 석림정사 현판의 친필 글씨 복제본과 함께 최근 발견된 백호의 문집인『겸재유고』자료도 전시되어 있다.

영모정에서 구진포 삼거리를 지나 북쪽으로 들어가면 나주임씨 선산인 신걸산이 나온다. 산의 초입에 임붕의 5세손으로 숙종 때 대사헌을 지낸 창계滄溪 임영林泳의 창계서원이 있고, 서원 옆길로 산을 올라가면 신걸산 중턱에 임제의 묘소가 있다.

강호가도를 이끈 송순과 면앙정

작가 소개

　호남 가사문학의 원류 송순宋純(1493~1582)의 본관은 신평新平이다. 자는 수초遂初이고 호는 면앙정俛仰亭, 기촌企村으로 담양에서 태어났다. 어려서부터 시문에 뛰어났으며, 눌재 박상과 취은 송세림의 문하에서 학문과 문학을 익혔다. 27세에 별시 문과에 급제하여 벼슬길에 나선 후 50여 년 동안 사간원정언, 나주목사, 전라도관찰사, 한성부윤 등을 지내고 77세에 벼슬길에서 물러났다.

　이후에도 선조의 부름을 받았으나 면앙정에서 풍류를 즐기며 90세까지 살았다. 1550년 이조참판 재직 시에 사론邪論을 편다는 죄목으로 유배되어 1년 6개월 동안 귀양살이를 했으나, 평생 온화하면서도 강직한 태도로 순탄한 삶을 영위하였다. 관용의 대도를 추구하던 송순을 일러 퇴계 이황은 '완인完人'이라 하였다.

　송순은 담양에 면앙정과 석림정사를 짓고 독서와 시작에 전념했다. 음률에도 정통하여 거문고를 잘 탔다고 한다. 하서 김인후, 금호 임형수, 옥계 노진, 고봉 기대승, 제봉 고경명, 백호 임제, 송강 정철 등 수많은 문인을 배출하여 '면앙정 시단'을 이끌었다. 문집으로『면앙집』이 있다.

강호가도의 가풍을 형성한 면앙정

면앙정

작품세계와 문학적 평가

송순은 벼슬에서 물러나 자연에 묻혀 살면서 수많은 시가 작품을 창작하여 강호가도의 선구자 역할을 하였다. 「면앙정제영 俛仰亭題詠」 등 한시 505수와 부 1편, 국문가사 「면앙정가」와 「자상특사황국옥당가 自上特賜黃菊玉堂歌」, 「오륜가」 등 시조 20여 수를 남겼다. 대부분의 작품에서 자연 예찬과 사대부로서 지켜야 할 윤리의식, 그리고 임금에 대한 변함없는 충성과 사랑 등을 담았다.

> 십년을 경영하여 초려삼간 지어내니
> 나 한 칸 달 한 칸에 청풍 한 칸 맡겨두고
> 강산은 들일 데 없으니 둘러두고 보리라

자연과 더불어 살아가는 선비의 넉넉한 심성이 엿보이는 시조이다. 송순이 만년에 면앙정을 두고 읊은 것으로 전해진다.

무등산无等山 한 활기 뫼히 동다히로 버더 이셔

멀리 떼쳐와 제월봉霽月峯이 되어거늘

무변 대야無邊大野의 므삼 짐쟉하노라

닐곱 구비를 한데 움쳐 므득므득 버럿난닷

가온대 구비는 굼긔 든 늘근 뇽이

선잠을 갓깨야 머리를 언쳐시니

너러바회 우에 송죽松竹을 헤혀고 정자亭子를 언쳐시니

구름탄 청학靑鶴이 천리千里를 가리라 두 나래 버렷는듯

(하략)

— 「면앙정가俛仰亭歌」

면앙정 주변의 산수 경개와 계절에 따른 아름다운 모습, 그 속에서 누리는 풍류 생활의 즐거움과 호연지기를 드러낸 가사이다. 자유자재한 고유어 구사 능력과 탁월한 표현력 그리고 이에 따른 절실한 정감 등은 가사문학 중 최고의 걸작으로 평가받는다. 「면앙정가」는 정극인丁克仁의 「상춘곡賞春曲」과 함께 호남 가사문학의 원류이다. 또한 내용과 형식 등에서 정철의 「성산별곡星山別曲」, 「관동별곡關東別曲」에 영향을 주었으며, 후대 많은 작품들의 모범이 되었다.

꽃이 진다 하고 새들아 슬퍼 마라

바람에 흩날리니 꽃의 탓 아니로다

가노라 희짓는 봄을 새와 무삼하리오

— 「상춘가傷春歌」

1545년 을사사화가 일어났다. 윤원형 일파에 의해 많은 사람들이 화를 입자 송순이 지은 시조이다. 사화에 희생당한 사람들을 낙화에 비유한 것이다. 여기저기서 이 노래가 불렸고 그로 인해 송순은 큰 변을 당할 뻔했다고 한다.

舊穀已云盡	지난 곡식은 벌써 다 떨어졌다 하는데
新苗未可期	새로 핀 이삭 여물 날은 언제일까
摘日西原草	날마다 서쪽 언덕에서 나물을 캐나
不足充其飢	굶주림을 채우기엔 부족하다지
兒啼猶可忍	아이들 배고파 우는 거야 참는다지만
親老復何爲	늙으신 부모님은 어찌하리오
出入柴門下	사립문 밖에 나가 보아도
茫茫無所之	갈 곳은 없어 아득할 뿐이네
(하략)	

– 「전가원田家怨·농가의 원성」

송순은 다양한 작품을 남겼다. 그가 남긴 국문시가와 500여 수의 한시는 대부분 강호가도를 읊고 있는데 반해, 젊은 시절에 쓴 한시 중에는 「전가원」, 「문개가聞丐歌」(거지의 노래를 듣고) 등 시대의 아픔과 백성의 고통을 직시한 유학자 본연의 자세에서 나온 비판적인 시들도 있다.

문학 현장 – 강호가도의 가풍을 형성한 면앙정俛仰亭
(주소 : 전남 담양군 봉산면 면앙정로382–11)

담양군 봉산면 면소재지에서 담양읍으로 향하는 도로를 타고 가다 보면, 제월봉 자락에 면앙정이 자리하고 있다. 정면 3칸 측면 2칸의 팔작지붕의 정자이다.

정자에는 송순의 「면앙정삼언가」가 판각돼 있다. "면유지俛有地 앙유천仰有天 정기중亭其中 흥호연興浩然 초풍월招風月 읍산천揖山川 부려장扶藜杖

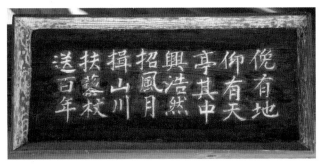

면앙정 삼언가 판각

송백년送百年(굽어보니 땅이요/우러러보니 하늘이라/정자가 그 가운데 있으니/호연지기 일어나네/풍월을 불러들이고/산천에 읍하며/지팡이에 의지하고/백년을 보내리라)"

송순은 41세가 되던 1533년(중종28)에 전횡을 일삼던 김안로가 득세하자 잠시 벼슬을 버리고 고향으로 내려와 이 정자를 짓고 위 시의 앞 세 글자를 따서 '면앙정'이라 이름 지었다.

면앙정은 무등산 기슭에 펼쳐져 있는 소쇄원, 식영정, 서하당, 환벽당으로 이어지는 누정문학의 출발점이다. 인근의 많은 문인들이 면앙정에 찾아와 시를 짓고 학문을 논하였다. 특히 김인후, 박순, 고경명이 30수의 시를 지어 「면앙정 30영」으로 남아 있다. 1552년 지은 지 20년이 되어 비가 새던 면앙정을 고쳐 지었는데, 이때 기대승이 기記를, 임제가 부賦를 지었다.

면앙정에서 열린 송순의 회방연回榜宴(과거급제 60주년 기념연)에서 정철, 임제, 기대승, 고경명이 직접 가마를 메고 스승을 옹위하였다고 한다. 그러나 그 정자는 1597년(선조30) 임진왜란으로 파괴되고 지금의 정자는 후손들이 1654년(효종5)에 중건한 것이다. 현재 건물은 누차 보수를 한 것이며, 1979년 지붕의 기와를 이어 오늘에 이르고 있다.

양산보와 대표적 민간원림 소쇄원

작가 소개

양산보梁山甫(1503~1557)는 본관이 제주이며 자는 언진彦鎭, 호는 소쇄옹瀟灑翁으로 담양 출신이다. 15세 때 상경하여 6촌 숙부 양팽손의 소개로 당시 사림의 지도자였던 조광조의 문하생이 되었다. 이후 성균관에 입학하여 1519년 기묘년 조광조의 건의로 실시한 현량과에 급제하였으나 숫자를 줄여 뽑는 바람에 낙방하였다. 이를 안타깝게 여긴 중종이 그를 친히 불러 위로하였다.

그해 겨울 기묘사화가 일어나 스승 조광조가 역모 죄로 화순 능주 땅에 유배되어 사약을 받고 죽자 출사의 뜻을 버리고 고향으로 내려왔다. 무등산 아래에 소쇄원을 조성하고 자호를 소쇄옹이라 칭하며 자연을 벗삼아 은거하였다. 그 후에 사림이 다시 관직에 등용되었을 때에도 수차례 벼슬길 천거가 있었으나 끝내 나아가지 않고 자연을 벗 삼고 벗들과 교유하며 처사의 삶을 살았다.

양산보는 환벽당 주인인 사촌 김윤제의 누이와 혼인하였다. 또 양산보와 송순은 이종사촌 간이었으며, 김인후는 양산보와 사돈 간이었다. 양산보가 세상을 떴을 때, 고경명이 제문을 짓고 김인후, 송순, 임억령, 양응정, 기대승 등이 만장을 지었으며. 송시열도 그의 행장을 지었다.

호남 시가문학의 산실 소쇄원

작품세계와 문학적 평가

소쇄원에는 창건 이후에 수많은 문학 작품이 남아 있다. 정유재란 때 대부분의 작품들이 사라졌지만, 그 후로도 많은 문인들이 소쇄원 관련 작품을 남겼다. 소쇄원과 같은 호남의 누정들은 선비들의 만남과 교류의 장으로서 사상과 철학을 설파하고 현실정치를 비판하며 대안을 논하는 곳이었다. 또 풍류를 즐기며 시를 주고받던, 호남 시가문학의 산실이었다.

소쇄원에서는 그동안의 문학 작품들을 모아서 1755년 무렵『소쇄원사실瀟灑園事實』을 목판본으로 간행하였다. 또 1963년에는 석인본으로 다시 인쇄가 이루어졌다. 이 책에는 하서 김인후의 소쇄원 관련 문학 작품도 많이 있다. 물론 당시까지 남아 있던 소쇄옹 양산보나 고암 양자징을 비롯하여 인재 양진태 등 소쇄원 후손들의 문학 작품도 상당수 실려 있다.

瀟灑園中景　　　소쇄원 속 아름다운 경치들
渾成瀟灑亭　　　모두 어울려 소쇄정을 이루었네
擡眸輪颯爽　　　눈 높이 들면 상쾌한 바람이 불어오고
側耳聽瓏玲　　　귀 기울이면 영롱한 소리가 들려오네

— 김인후, 「소정빙란 제1영小亭憑欄 1·작은 정자의 난간에 기대어」

牕明籤軸淨　　　창이 밝아 책들도 깨끗하고
水石映圖書　　　그림과 글씨 물속 돌에 비치네
精思隨偃仰　　　구부리고 우러름은 깊은 생각 따르니
妙契入鳶魚　　　오묘한 조화 성현의 덕분이네

— 김인후, 「침계문방 제2영枕溪文房 2·시냇가에 누운 글방」

長垣橫百尺　　　긴 담이 가로로 백자나 되어
一一寫新詩　　　일일이 새로운 시를 붙여보았네

소쇄원 광풍각

有似列屛障   마치 병풍을 벌여놓은 듯하니

勿爲風雨欺   비바람의 장난일랑 일지 말아라

　　　　　　　　　－ 김인후, 「장원제영 제48영長垣題詠 48·긴 담에 걸려 있는 노래」

　　하서 김인후는 소쇄원의 사계절을 비롯하여 원림의 조경, 동식물, 건물 등 48곳의 경치를 오언절구로 읊어 소쇄원과 그 주변의 아름다운 경관을 노래하고 자연과 인생의 모습을 그 안에 담으려 했다.

新春一醉爲園翁   새봄이 되어 소쇄옹 덕분에 한껏 취하니

散髮松林滿面風   솔바람 가득 불어와 머리카락 흩날리네

吟夢欲成僧己去   꿈결처럼 시가 이루어지는데 스님 이미 자리 뜨고

白雲明月水聲中   흰 구름 밝은 달만 물소리 속에 있구나

　　　　　　　　　　　　　　　　－ 백광훈, 「소쇄원瀟灑園」

가을 오니 바위골짜기 서늘하고/단풍잎은 서리 맞아 벌써 물들었네(하서 김인후, 「소쇄원 48영」 중)

소쇄원 제월당

이름난 시인이었던 옥봉 백광훈은 새봄이 되어 몇 사람이 어울려 함께 취하도록 술잔을 기울이며 소쇄원의 풍광 속에 묻힌 즐거움을 노래하였다.

莫愛者身 身是誰由　가장 소중한 몸 누구로부터 비롯하였으며
千金面目 成起何藉　천금같은 그 모습 어디서 이루어졌는가
於惟父母 實誕生我　아, 부모님께서 실로 나를 낳아 주셨으니
劬勞罔極 憐愛罔極　수고로움도 끝이 없고 사랑도 끝이 없어라

– 양산보, 「효부孝賦」 부분

소쇄원 주인 양산보의 대표적인 장편 작품으로, 나중에 김인후가 이를 이어서 「효부」를 다시 짓기도 하는 등 16세기 효행문학을 이끌었던 선구적인 작품이다. 이 작품을 본 송순은 "이치를 깊이 알고 몸소 행하는 사람이 아니면 할 수 없다."라고 찬탄을 금치 못하였다.

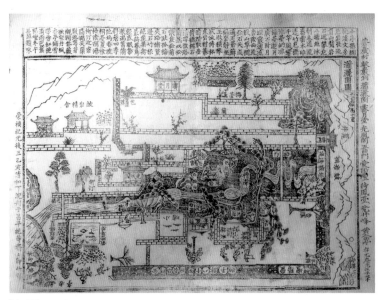

「소쇄원도」

문학 현장 – 호남 시가문학의 산실 소쇄원瀟灑園

(주소 : 전라남도 담양군 가사문학면 소쇄원길17)

소쇄원은 조선시대 대표적인 민간 원림 중의 하나로 1520년부터 양산보가 조성하였다. 자연과 인공의 조화를 절묘하게 이뤄내어, 강진의 백운동 원림과 완도 보길도의 부용동 원림과 함께 호남 3대 원림 중 하나이다. 2008년에 명승 제40호로 지정되었다. 양산보는 중국의 도연명과 주돈이를 존경하였는데 송나라 명필 황정견이 주돈이의 사람됨을 보고 '광풍제월光風霽月(비 갠 뒤에 부는 청량한 바람과 비 갠 하늘의 상쾌한 달)'과 같다고 한 데서 '맑고 깨끗하다'는 뜻의 소쇄원이란 원림의 이름을 얻었고, 사랑채와 서재가 붙은 집을 '제월당', 계곡 옆에 세운 누정을 '광풍각'이라 했다고 한다.

소쇄원은 정유재란 때 불탄 것을 그의 손자인 양천운梁千運이 1614년

우암 송시열이 쓴 '소쇄처사양공지려(소쇄처사 양산보의 오두막)'

에 재건하였다. 소쇄원에는 1548년(명종3) 김인후가 지은 시 「소쇄원 48 영」과 1775년(영조51) 당시의 모습을 목판에 새긴 「소쇄원도」가 남아 있어 그 원형을 추정할 수 있다. 공간 구성과 기능면에서 보면 입구의 전원前園과 계곡을 중심으로 하는 계원溪園, 그리고 내당인 제월당을 중심으로 하는 내원內園으로 나눌 수 있다.

전원은 대봉대待鳳臺와 상하지上下池, 애양단愛陽壇으로 이루어져 있다. 계원은 오곡문五曲門과 계류를 중심으로 광풍각이 서 있으며, 광풍각 아래에는 석가산石假山이 있다. 내원은 중심에 제월당이 있고, 오곡문에서 외나무다리를 건너 제월당으로 향하는 사이에는 두 계단으로 된 매대梅臺가 있으며, 여기에는 '소쇄처사양공지려瀟灑處士梁公之廬'란 글씨가 벽에 새겨져 있고 매화, 동백, 산수유 등 꽃나무가 서 있다.

『미암일기』를 남긴 유희춘과 모현관

작가 소개

유희춘柳希春(1513~1577)의 본관은 선산善山으로, 자는 인중仁仲 호는 미암眉巖이며 시호는 문절文節이다. 『표해록』의 저자인 금남錦南 최부崔溥의 외손자이다. 해남에서 태어났으며 송덕봉과 혼인하여 처향인 담양에서 살았다. 미암이라는 호는 해남의 집 뒤 금강산에 있는, 미인의 눈썹처럼 생긴 바위 '미암'과 관련이 있다. 어려서는 부친에게서 배웠으며, 김인후와 함께 신재 최산두에게 가르침을 받았다.

25세에 생원시에 합격하고 벼슬길에 오른 후, 세자의 스승이 되어 왕이 되기 전의 인종을 가르쳤다. 1547년 양재역 벽서사건에 연루되어 제주도에 유배되었으나 고향과 가깝다는 이유로 함경도 종성으로 이배되어 독서와 저술, 교육에 몰두하였다. 1567년 선조가 즉위하자 사면되어 다시 등용되었다. 1575년(선조8) 이조참판을 지내다가 사직하여 귀향하였다.

경사經史와 성리학에 조예가 깊고, '박람강기博覽强記한 사람'이라는 평가를 들었다. 선조 초에는 경연관으로 경사經史 강론을 하였는데 선조는 늘 이르기를 "내가 공부를 하게 된 것은 희춘에게 힘입은 바가 크다."라고 하였다. 『미암일기眉巖日記』를 비롯하여 시문집 『미암집眉巖集』이 있고, 『역대요록歷代要錄』, 『천해록川海錄』, 『국조유선록國朝儒先錄』 등의 저서를 남겼다.

모현관 전경

작품세계와 문학적 평가

 미암 유희춘은 무엇보다 『미암일기』로 유명하다. 그날그날 있었던 모든 것을 빠짐없이 기록한 그의 일기는 우리나라의 대표적인 개인 일기문학이다. 미암은 그뿐 아니라, 수백여 수의 한시와 세 수의 시조 등 다양한 작품들을 남겼다.

 미라리 ᄒᆞᆫ펄기 롤 ᄏᆞ여셔 시수이다 (미나리 한 떨기를 캐서 씻습니다)
 년ᄃᆡ 아ᄂᆞ 우리님의 바ᄎᆞ오이다 (다른 이가 아닌 우리 임께 바치옵니다)

『미암일기』(미암박물관 소장)

마시아 긴치 아니커니와 다시 시버보쇼셔 (맛이야 깊지 아니하거니
와 다시 씹어 보소서)

유희춘이 완산 진안루에서 왕명으로 내려온 봉안사 박순과 함께하며
지은 시조이다. 맛은 별로 시원찮은 미나리지만 임금께서 이를 씹어 보시
라는 내용이다. 미나리는 그 당시 가장 널리 애용하던 채소였다. 또한 미
나리는 임금에 대한 충성과 정성의 뜻이 있었고 학문의 상징이었다.

雪下風增冷	눈 내리고 바람 더욱 차가우니
思君坐冷房	찬방에 앉아 있는 당신이 생각나오
此醪雖品下	이 술이 비록 하품일지라도
亦足煖寒腸	언 속을 덥혀주기엔 족할 것이오

— 유희춘, 「송주우부인겸증소시送酒于夫人兼贈小詩·부인에게 술과 시를 보냄」

菊葉雖飛雪	국화 잎에 비록 눈발은 날리지만
銀臺有煥房	은대에는 따뜻한 방이 있겠지요
寒堂溫酒受	찬방에서 따뜻한 술을 받으니
多謝感充腸	속을 채울 수 있어 정말 고맙군요

— 송덕봉, 「차운次韻·차운하여 답함」

부부가 화답한 시이다. 유희춘은 승지로 일하면서 여러 날 집에 가지 못하게 되었는데 갑자기 날씨가 추워지자 아내가 이불과 외투를 싸서 승정원(은대)에 보냈다. 뜻밖의 물건을 받은 미암이 모주 한 동이와 시 한 수를 지어 보냈다. 아내는 21년 간의 귀양살이에서 풀려나와 다시 관직에 등용되기까지 헌신적인 뒷바라지를 한 사람이다. 추워진 날씨에 혼자 있을 아내를 걱정하며 미안함과 고마움의 정을 담고 있다. 이에 덕봉은 남편에 대한 고마움을 역시 시로써 화답하였다.

미암의 부인 송덕봉은 신사임당, 허난설헌, 황진이와 함께 조선 4대 여성문인으로 알려져 있다. 학문과 시문, 덕행을 두루 갖추었다고 한다. 『덕봉집』을 남겼으나 전해지지 않고, 2012년 『미암일기』에 기록된 덕봉의 한시와 편지 등을 모아 새로이 『덕봉집』이 번역·출간되었다.

부제학 강사상姜士尙과 전한 기대승奇大升이 뒤이어 와서 서로 『대학』을 강론했는데, 서로 맞는 것이 있었다. 대개 나의 말이 십중팔구는 홍문관의 옛사람들이 토吐를 단 것과 꼭 맞으므로 모두가 탄복하였다. 나의 소견이 혹 미치지 못하더라도 다른 사람들이 옳게 말하면 나는 나의 소견을 고집하지 않고 그들의 의견을 따랐으므로 동료들은 선善을 따름이 마치 물 흐르듯 한다고 더욱 탄복하였다.

— 『미암일기』, 1567년(선조1) 11월 8일

선산세가

『미암일기』는 보물 제260호로 지정된 유희춘의 친필일기로 원래 14책이었으나 지금 남아 있는 것은 11책이다. 이 일기는 1567년 10월 1일에 시작되어 1577년(선조10) 5월 13일까지 대략 11년간의 기록이다. 조정의 크고 작은 사건, 중앙·지방의 각 아문의 기능, 관리들의 일상생활, 저자가 홍문관원·전라도감사·사헌부관원 등을 역임하면서 겪은 내용 등 자신의 일상생활에서 보고 들은 바를 자세하게 기록한 것이다. 조선시대 행·초서체로 쓰인 개인의 일기 중 가장 방대하다. 선조의 실록을 편찬하는 과정에서 임진왜란 이후 국가의 주요 전적이 대거 불타버려서 이 일기를 사료로 활용하기도 할 정도로 그 가치가 크다.

또 미암은 몸이 아프면 허준(1539~1615)을 불러 처방을 받았다고 한다. 하서 김인후 등 가까운 사람들이 아플 때도 허준을 보내 진료를 받게 하였다. 이조판서에게 허준을 궁중의 내의원內醫院으로 천거한 사람도 미암이었다(1569. 6. 3. 일기). 허준은 『미암일기』에 삼십여 회나 등장하고 있다. 미암이 있었기에 유명한 『동의보감』이 완성될 수 있었다고 한다.

문학 현장 – 모현관慕賢館과 『미암일기』가 있는 박물관, 미암사당眉巖祠堂

(주소 : 전남 담양군 대덕면 장동길89–5)

담양 창평에서 대덕면 소재지 쪽으로 향하다가 고가다리를 넘어 좌측

미암사당

길로 한참을 가면 장산리가 나온다. 이곳 마을 입구에 국가등록문화재 769호인 모현관이 있다. 보물 제260호로 지정된 '유희춘 미암일기 및 미암집 목판'을 비롯해 미암 관련 유물을 보관하였던 일종의 수장시설이다. 화재와 도난을 우려하여 연못 한복판에 지은 것이 특징이다. 모현관 편액은 의재 허백련의 글씨다.

모현관의 뒤쪽에는 '선산세가善山世家'란 전서체 글씨가 새겨진 표지석이 있고, 전라남도민속자료 제36호로 지정된 유희춘의 사당이 있다. 또한 모현관 앞쪽 언덕에는 미암이 담양에 내려와서 후학들을 가르친 연계정漣溪亭이 자리하고 있다.

2012년 모현관과 미암사당 앞 2,000평의 부지에 미암박물관이 건립되었다. 이곳에 『미암일기』와 『미암집』 목판 396판 등을 보관하고 있으며, 전시관, 교육체험관, 삼문, 관리사 등을 전통 한옥으로 세웠다.

가사문학의 대가 정철과 송강정

작가 소개

정철鄭澈(1536~1593)의 본관은 연일延日이고 자는 계함季涵, 호는 송강松江, 시호는 문청文淸이다. 그 선대는 담양 사람이었는데, 서울로 올라가서 터전을 잡았으며 장의동(지금 종로구 청운동)에서 출생하였다. 큰누나가 인종의 숙의, 작은누나가 계림대군의 부인이어서 궁중에 출입하였다. 그러나 을사사화에 계림군이 관련되어, 유배형을 받은 형과 아버지를 따라 유배지를 전전하였다. 1551년(명종6) 유배에서 풀려나자 온 가족이 선친의 묘소가 있는 전라남도 담양 창평으로 이주하였다. 여기에서 임억령에게 시를 배우고 송순·김윤제·양응정·김인후·기대승 등에게 학문을 배웠다고 한다. 또 이이·성혼·송익필 같은 큰선비들과도 사귀었다.

1561년(명종16) 진사시에 합격한 뒤 이듬해 문과 별시에 장원급제하여 벼슬길에 나아갔다. 1578년(선조11) 승지에 올랐으나 동인東人의 공격을 받아 사직, 고향으로 내려왔다. 1580년 이후 3년 동안 강원도·전라도·함경도의 관찰사를 지내고 1584년 대사헌이 되었으나, 이듬해 사직하고 담양으로 돌아갔다. 1589년에는 정여립鄭汝立 모반사건이 일어나자 우의정이 되어 서인의 영수로서 동인들을 추방했다. 1591년 왕세자 책립 문제로 선조의 노여움을 사서 파직되고 유배되었다. 임진왜란이 일어나 귀양이

송강 정철 초상

풀리고 선조를 호종하며 다시 조정에서 일하였으나 동인의 모함으로 사직하고 강화의 송정촌에서 지내다 58세의 나이로 별세하였다.

저서로는 시문집인『송강집』과 가사작품집인『송강가사』가 있다. 또한 상소문, 헌의문獻議文 등 송강의 친서를 모아 엮은 유묵집인『백세보중百世葆重』5책을 비롯하여, 중국 연행록인『연행일기』등도 남아 있다.

작품세계와 문학적 평가

송강의 작품은「성산별곡」,「관동별곡」,「사미인곡」,「속미인곡」등 4편의 가사와 시조「훈민가」등 107수, 한시 600여 수가 있으며 또「연행일기」를 비롯한 많은 산문 작품들도 남아 있다. 특히 우리말의 아름다움을 잘 살려 쓴「사미인곡」,「속미인곡」,「관동별곡」을 서포 김만중은 '동방의 이소離騷'라고 극찬하며, 자고로 우리나라의 참된 문장은 이 세 편뿐이라

송강정

말하기도 하였다.

　　　이 몸 삼기실 제 님을 조차 삼기시니
　　　ᄒᆞᆫ 싱 연분緣分이며 하ᄂᆞᆯ 모를 일이런가
　　　나 ᄒᆞ나 졈어 있고 님 ᄒᆞ나 날 괴시니
　　　이 ᄆᆞ음 이 ᄉᆞ사랑 견줄 ᄃᆡ 노여 없다
　　　평생平生에 원願ᄒᆞ요ᄃᆡ ᄒᆞᆫᄃᆡ 녜자 ᄒᆞ얏더니
　　　늙거야 므ᄉᆞ 일로 외오 두고 글이ᄂᆞᆫ고

　　　　　　　　　　　　　　　　　　－「사미인곡思美人曲」 부분

　　　데 가는 뎌 각시 본 듯도 한뎌이고
　　　천상天上 백옥경白玉京을 엇디하야 이별離別하고

해 다 뎌 져믄 날의 눌을 보라 가시난고

어와 네여이고 내 사셜 드러 보오

내 얼굴 이 거동이 님 괴얌즉 한가마난

엇딘디 날 보시고 녜로다 녀기실새

나도 님을 미더 군뜨디 전혀 업서

이래야 교태야 어지러이 구돗떤디

반기시는 낫비치 녜와 엇디 다라신고

－「속미인곡續美人曲」부분

위 「전·후미인곡」은 송강이 50세 때인 1585년(선조18) 당쟁으로 조정에서 물러나 1589년까지 창평에 있을 때 지은 연군가사이다. 「사미인곡」은 1588년(선조21)에 지은 것으로 알려졌으나, 「속미인곡」의 정확한 제작 연도는 알 수 없다. 두 작품 모두 임금에 대한 간절한 충정을 한 여인이 지아비를 사모하는 마음에 비유하여 시적 효과를 높이고 있다. 「사미인곡」은 사계절의 변화 속에서 깊어가는 그리움을 노래하였으며 「속미인곡」은 두 여인의 문답 형식으로 구성하여 자신의 충심을 강조하고 있다.

강호江湖애 병病이 깁퍼 듁님竹林의 누엇더니

관동關東 팔백니八百里에 방면方面을 맛디시니

어와 셩은聖恩이야 가디록 망극罔極하다

연츄문延秋門 드리다라 경회남문慶會南門 바라보며

하직下直고 믈너나니 옥절玉節이 알픠 셧다

평구역平丘驛 물을 그라 흑슈黑水로 도라드니

셤강蟾江은 어듸메오 티악雉嶽이 여긔로다

－「관동별곡關東別曲」부분

1580년(선조13) 작자가 45세 때 강원도 관찰사로 부임하여 내·외·해금강과 관동팔경 등의 절승을 두루 유람한 후, 그 여정과 산수·풍경·고사·풍속 및 자신의 소감 등을 읊은 멋진 기행가사이다. 전체의 분위기가 웅장하고 명쾌하며 화려한 문장과 조화를 이루어 송강의 뛰어난 문학적인 경지를 보여주는 작품이다.

> 한 잔 먹세그려 또 한 잔 먹세그려
>
> 꽃 꺾어 세어가며 무진무진 먹세그려
>
> 이 몸 죽은 후면 지게 위에 거적 덮어 줄에 매어가나
>
> 화려한 관 앞에 만 사람 울면서 가나
>
> 어욱새 속새 떡갈나무 백양 숲에 가기만 하면
>
> 누런 해 흰 달 가는 비 굵은 눈 소소리바람 불 때
>
> 누가 한 잔 먹자 할까
>
> 하물며 무덤 위에 잔나비 휘파람 불 때 뉘우친들 어쩌리
>
> ─「장진주사將進酒辭」 현대어 해석

「장진주사」는 일종의 권주가다. 순수한 우리말을 사용하여 인생무상의 허무적 태도를 표현하며 새로운 시세계를 창조하여 나갔다. 송강은 술을 즐겼다고 하는데, 애주가로서 그의 호방한 성격이 잘 드러나 있다.

문학 현장 – 「사미인곡」, 「속미인곡」의 산실 송강정松江亭
(주소 : 전남 담양군 고서면 송강정로232)

송강정은 담양군 고서면 원강리 쌍교 근처 언덕에 있다. 서인이었던 정철이 50세 때 동인의 탄핵을 받아 낙향하여 초막을 짓고 살면서 「사미인곡」과 「속미인곡」을 지었던 가사문학의 산실이다. 당시에는 '죽록정竹綠亭'이라 불렸다.

한국가사문학관

　지금의 정자는 1770년에 후손들이 송강을 기리기 위해 세운 것이다. 1972년 전라남도기념물 제1호로 지정되었다. 누정 바로 옆에는 1955년에 건립한 '사미인곡 시비'가 있으며, 현재의 건물 역시 그때 중수한 것이다. 앞면에는 '송강정'이라는 현판이, 옆면에는 '죽록정'이라는 현판이 나란히 걸려 있다. 정자 앞으로는 증암천(송강천 또는 죽록천이라고도 함)이 흐른다.

　한편 경기도 고양시에 가면, 송강이 공릉천변에 머물며 부모의 묘를 보살피고 작품 활동을 했던 이야기를 기초로 꾸민 '송강 공릉천 공원'이 있다. 그곳에는 송강 정철의 시비가 있고, 여러 시조들이 돌에 새겨져 있다. 송강을 모셨다는 '의기 강아江娥의 묘'도 있고, 누정 송강정도 만들어 두었다.

　조선시대 일부 문인들은 국문으로 시를 제작하였는데, 그중에서도 가사문학이 크게 발달하였다. 전남 담양 지역은 이서의 「낙지가」, 송순의 「면앙정가」, 정철의 「성산별곡」·「관동별곡」·「사미인곡」·「속미인곡」을 비롯하여 20여 편에 이르는 가사가 전승되고 있어 가사문학의 산실이다. 담양군에서는 한국가사문학관을 건립하여 2000년 10월에 개관하였다. 가사문학 관련 문화유산을 수집하고 전시하며, 이를 정리하고 있다.

성산 자락의 문인들과 식영정

작가 소개

임억령林億齡(1496~1568)의 본관은 선산으로 자는 대수大樹, 호는 석천石川이다. 해남에서 태어났으며 눌재訥齋 박상朴祥의 문인이다. 1516년 (중종11)에 진사가 되었고, 1525년 문과에 급제하여 부교리·사헌부지평·홍문관교리 등을 지냈다. 을사사화 이후 해남에 은거하다가 다시 등용되어 1552년 동부승지·병조참지를 지내고, 이듬해 강원도 관찰사를 거쳐 1557년 담양부사가 되었다. 벼슬을 그만둔 만년에는 담양 성산에 살면서 많은 시를 지었으며, 해남으로 돌아간 뒤에도 성산을 자주 왕래하다가 1568년 해남에서 73세로 일생을 마쳤다. 그는 2천여 수가 훨씬 넘는 한시를 지었으며, 호남 시문학을 크게 일으킨 문인이다. 저서로는 『석천집』이 있다.

김성원金成遠(1525~1597)의 본관은 광산이고 자는 강숙岡叔, 호는 서하棲霞라고 한다. 1558년 사마시에 합격하여 여러 벼슬을 거쳤는데, 그가 동복현감으로 있던 1592년 임진왜란이 일어나자 군량과 의병을 모으는 데 큰 공을 세웠다. 1596년 김덕령이 무고로 옥사하자 세상과 인연을 끊고 은둔하였다고 한다. 그는 일찍이 식영정 건립을 주도하였으며, 서하당을 짓고 원림 문학을 열어 가기도 하였다. 『서하당유고棲霞堂遺稿』가 전한다.

식영정과 광주호 일원

식영정

작품세계와 문학적 평가

아름다운 경치를 찾아 수많은 문인과 학자들이 식영정에 드나들었다. 임억령은 이곳에 거처하면서 옥봉 백광훈, 백호 임제, 송천 양응정, 고죽 최경창 등의 제자를 길러냈다. 성산동 계산풍류의 원조로 호남시단의 찬란한 지평을 열었다고도 한다. 사람들은 특히 석천 임억령, 서하당 김성원, 제봉 고경명, 송강 정철 등을 '식영정 사선四仙'이라 불렀다. 이들이 성산의 경치 좋은 20곳을 택하여 각각 「식영정 이십영息影亭二十詠」을 지어 총 80수의 아름다운 시를 남겼다. 이는 후에 정철의 「성산별곡」의 밑바탕이 되었다.

溶溶嶺上雲 뭉게뭉게 피어오른 산마루 구름
纔出而還斂 잠시 나왔다 곧 사라져버리네

식영정 현판

| 無事孰如雲 | 그 누가 구름처럼 자유로울까 |
| 相看兩不厭 | 서로 바라봐도 싫지가 않네 |

– 임억령, 「서석한운瑞石閑雲·서석산의 한가한 구름」

임억령의 문학 세계는 그가 남긴 수많은 한시에 담겨 있다. 수량도 많지만, 그가 남긴 한시 하나하나가 절창이다. 이 시는 식영정 연작 제영의 첫 번째 시이다.

偶從山上飛	우연히 산 위 따라 날아가더니
還向山中斂	도리어 산속으로 사라지네
倦跡自無心	나른한 자취는 절로 무심하니
悠悠看不厭	한가로이 보여도 싫지는 않네

– 김성원, 「서석한운瑞石閑雲·서석산의 한가한 구름」

天姿元富貴	타고난 모습 본디 빼어나니
寧待日邊栽	어찌 궁중에 심어지길 기다리리
夾岸紅霞漲	강 따라 붉은 꽃 안개처럼 피어오르니

漁郎恐眼猜　　　　속된 사람의 눈에 띌까 두렵구나

- 고경명, 「자미탄紫薇灘·배롱나무 핀 여울」

김성원과 고경명의 「식영정 20영」 중 한 부분이다. 식영정에서 바라보
는 무등산의 경관과 식영정 앞을 흐르는 자미탄 주변에 붉게 핀 배롱나무
꽃을 읊고 있다.

엇던 디날손이 성산星山의 머믈며서

서하당棲霞堂 식영뎡息影亭 쥬인아 내말듯소

인생 세간世間의 됴흔일 하건마난

엇디 한 강산江山을 가디록 나이 녀겨

적막산듕寂寞山中의 들고 아니 나시난고

- 정철, 「성산별곡星山別曲」 부분

1560년(명종15) 송강 정철이 25세 때 지은 작품이다. 처외가의 재당숙
인 김성원을 경모하여 성산의 풍물을 사계절에 따라 읊고, 서하당의 주인
인 김성원의 풍류도 함께 노래한 것이다. 김성원은 송강보다 11년이나 연
상이었으나 송강이 성산에 와 있을 때 같이 환벽당에서 공부하던 동문이
다.

문학 현장 – 「식영정 20영」과 아름다운 식영정息影亭

(주소 : 전남 담양군 남면 가사문학로859)

무등산 북쪽 사면에 위치한 광주호의 상류 성산星山 자락에는 아름다
운 누정이 자리 잡고 있다. '그림자가 쉬고 있는 정자'라는 뜻의 식영정息
影亭이다. 1560년(명종15)에 서하당 김성원이 그의 장인인 석천 임억령을
위해 지은 누정이다. 임억령이 지은 「식영정기」에는 장자의 '외영오적畏

부용당(좌)과 서하당(우)

影惡迹'에 관한 고사로부터 식영정의 이름을 짓게 된 연유를 밝히고 있다. 2009년 9월 18일에 명승 제57호로 지정되었다.

식영정은 이전에는 건너편 환벽당이 있는 충효리와 창계천을 사이에 두고 마주하였으나, 지금은 언덕 아래로 하류에는 넓고 잔잔한 광주호가 펼쳐져 있다. 식영정에는 임억령의 「식영정기」, 송강의 「식영정잡영息影亭雜詠」 등의 현판이 걸려 있다. 식영정 편액은 전서체로 되어 있으며 조선 중기의 문인인 박영朴詠이 썼다고 한다.

누정 옆에는 '성산별곡시비'가 세워져 있고 주변에는 아름드리 노송과 함께 오래된 배롱나무가 몇 그루 서 있다. 식영정 아래에는 최근에 복원한 서하당과 부용당 건물이 자리잡고 있다. 이들 여러 누정들을 포함하여 '식영정 원림 공간'으로 잘 보존하고, 가꾸어 나가야 할 필요가 있다.

승보사찰 송광사와 불교문학

작가 소개

지눌知訥(1158~1210)의 호는 목우자牧牛子이며, 시호는 불일보조국사佛日普照國師로 조계종의 창시자이다. 황해도 서흥에서 태어나 8세에 종휘宗暉를 은사로 하여 승려가 되었다. 1182년(명종12) 승과에 급제하였으나 승려로서의 출세를 포기하고 철저한 수행과 수도로써 포교에 힘썼다. 1200년부터 송광산 길상사(후에 수선사, 송광사)에서 11년 동안 제자들에게 설법을 전하였다. 돈오점수론頓悟漸修論과 간화선看話禪을 역설하였으며 정혜결사定慧結社로 불교계의 자각운동을 주도하였다. 저서로는 『목우자수심결』, 『법집별행록절요병입사기』 및 『계초심학입문』이 언해본으로 전해진다.

혜심惠諶(1178~1234)은 2대 국사로 호는 무의자無衣子이고, 시호는 진각국사眞覺國師이다. 전남 화순 사람으로 1201년 사마시에 합격, 태학에 들어갔으나 어머니의 병환으로 학업을 그만두고 고향으로 돌아왔다. 어머니가 돌아가시자 천도제를 올리기 위해 길상사를 찾아갔는데 여기에서 지눌 스님을 만나 출가하게 되었다. 지눌의 뒤를 이어 수선사 제2세로서 간화선看話禪을 크게 떨쳤다. 혜심은 많은 시를 지어 문인으로서도 역할을 하였다. 250여 수의 시가 실려 있는 『무의자시집』을 남겨 불가 문학의

왼쪽부터 보조국사 지눌, 진각국사 혜심, 원감국사 충지(순천 송광사 소장)

새 장을 열기도 하였다.

충지沖止(1226~1293)는 전남 장흥 출신으로 호는 원감圓鑑이다. 17세에 사원시司院試를 마쳤다. 19세에는 과거 시험인 춘위春闈에 나아가 장원을 하고, 사신으로 일본에 가 활약하였기도 했으나, 29세에 원오국사 문하에서 승려가 되었다. 61세에 송광사 6대 국사로 임명되었다. 불교의경, 율, 론(삼장三藏)과 사림詞林에 이해가 깊었고, 문장과 시로 추앙을 받았다. 저서로는 문집인『원감국사집』1권이 남아 있으며,『동문선東文選』에도 시와 글이 수록되어 있다.

작품세계와 문학적 평가

송광사에는 고려시대 지눌을 비롯한 고승들이 많은 시문을 남겼고, 조선시대에도 고승들의 시문이 많이 있어 불교문학을 풍성하게 했다. 그중진각국사 혜심과 원감국사 충지는 고려시대 송광사를 대표하였던 선승이자 시인들이었다. 보조국사 지눌의『목우자시집』도 조선 중기까지는 있었

지만, 지금은 전해지지 않는다. 그 밖의 여러 스님의 시문 작품들이 상당
수 남아 있다.

池邊獨自坐   연못가에 홀로 앉아 있다가
池底偶逢僧   우연히 연못 밑의 중을 만났네
默默笑相視   말없이 웃으며 서로 바라보는 것은
知君語不應   그대에게 말을 해도 대답 않을 줄 알기 때문

　　　　　　　　　　　　　　　– 혜심, 「대영對影·그림자를 마주하며」

　　연못 속의 자기 그림자를 바라보며 "내가 너이고 네가 곧 나인데 굳이
말이 필요 없지."라는 선문답 시이다. 무의자의 시집은 1993년 『한국불교
전서』 제6책에 실려 있다. 그 후 많은 사람들에 의하여 번역이 이루어졌
다. 250여 수에 달하는 한시뿐만 아니라, 대나무를 의인화하여 지은 「죽
존자전竹尊者傳」, 얼음을 의인화하여 지었다는 「빙도자전氷道者傳」 같은 산
문들도 실려 있다.

飯一盂蔬一盤   밥 한 그릇에 나물 한 접시
飢則食兮因則眠   배고프면 먹고 피곤하면 자노라
水一缾茶一銚   물 한 병과 차 한 냄비
渴則提來手自煎   목마르면 들고 나와 손수 차를 달이네

　　　　　　　　　　　　　　　– 충지, 「산중락山中樂·산중의 즐거움」

　　산사에서 수도 생활에 정진하던 원감국사의 선시이다.

송광사 종고루(鐘鼓樓) 앞

계류의 바위 위에 세워진 송광사 침계루(枕溪樓)

문학 현장 – 선시禪詩의 보고 송광사松廣寺

(주소 : 전남 순천시 송광면 송광사안길100)

송광사는 전라남도 순천시 송광면의 조계산 자락에 있다. 사적 56호인 송광사는 삼보사찰 중 하나로 선종을 이끄는 중심 사찰이다. 삼보사찰은 불교의 3대 보물인 불佛·법法·승僧 세 보배를 간직한 곳으로, 부처님의 진신사리가 모셔져 있는 양산의 통도사, 『팔만대장경』이 봉안된 합천의 해인사 그리고 한국불교의 승맥을 잇고 있는 송광사이다.

송광사는 처음에 혜린慧璘 선사에 의해 창건되었다고 한다. 작은 암자를 짓고 길상사吉祥寺라고 하였는데, 이후 왕명에 의해 수선사修禪寺로 개명되었고, 고려 말 보조국사 지눌이 송광사松廣寺라 개명하였다. 고려 말부터 조선 초까지 보조普照·진각眞覺·청진淸眞·진명眞明·원오圓悟·원감圓鑑·자정慈靜·자각慈覺·담당湛堂·혜감慧鑑·자원慈圓·혜각慧覺·각진覺眞·정혜淨慧·

송광사 승보전(僧寶殿)과 대웅보전(大雄寶殿)

홍진弘眞·고봉高峰 등 16명의 국사가 배출되었다.

　　그러나 송광사는 임진왜란과 정유재란을 거치면서 소실되고, 1842년 큰불이 나서 대웅전과 함께 많은 건물이 불탔다. 또 여순사건과 6·25를 겪으며 절 주변의 숲이 사라지고 대웅전 등이 불타기도 했다. 여러 차례 복원 불사를 하여 지금은 50여 동의 건물이 있다. 이곳에는 국보인 '목조 삼존 불감', '고려 고종 제서', '국사전'을 비롯하여, 10여 종의 보물과 많은 문화재가 있다. 송광사에는 성보박물관이 건립되어 사찰의 귀중한 문화재를 소장·전시하고 있다.

일본 성리학의 스승 수은 강항과 내산서원

작가 소개

　강항姜沆(1567~1618)의 본관은 진주이고 자는 태초太初, 호는 수은睡隱이다. 전남 영광군 불갑면 금계리 유봉마을에서 강희맹의 5대손으로 태어났다. 우계 성혼의 문인으로 과거에 급제하여 형조좌랑이 되었다. 휴가로 고향에 머물던 중 정유재란이 일어나 군량미 수송임무를 수행했고, 고향에서 김상준金尙寯 등과 함께 의병을 일으켰다. 영광에 왜적이 쳐들어오자 가족을 데리고 해로를 통해 탈출하려다가 포로가 되어 일본으로 압송, 오쓰성大津城에 유폐되었다.

　오쓰성에서 일본의 승려 요시히도好仁와 교류하며 그로부터 일본의 역사·지리·관제 등을 알아내어 『적중견문록賊中見聞錄』에 수록, 몰래 본국으로 보냈다. 1598년 교토의 후시미성으로 이송되어 이곳에서 후지와라 세이카·아카마스 히로미치 등 학자와 교류하며 성리학을 가르쳤는데, 후지와라는 그에게 배운 것을 토대로 일본 성리학의 시조가 되었다.

　2년 8개월간 억류 생활을 하며 일본 막부의 귀화 요청을 단호히 거절하고 두 제자의 도움을 받아 1600년 가족과 함께 귀국하였다. 벼슬을 권유받았으나 사양하고 향리에서 독서와 후학 양성에만 전념했다. 일본 억류 중 사서오경을 일본식 한문 독법으로 읽을 수 있도록 만든 『화훈본和

수은 강항 동상

訓本』 간행에 참여하여 그 발문을 썼다. 『소학』, 『근사록』 등 16종의 글을
수록한 『강항휘초姜沆彙抄』를 남겨 일본의 내각문고에 소장되어 있다. 사
후에 이조판서에 추증되고 영광의 내산서원에 배향되었다. 저서로『수은
집』, 『운제록雲堤錄』, 『간양록看羊錄』 등이 있다.

작품세계와 문학적 평가

강항이 일본에서 보고 들은 풍속·지리·군사 정세 등을 기록하여 본국
에 몰래 보낸 글들과 포로로 잡혀갔다가 돌아오기까지 3년간 겪은 일들
의 전말을 쓴 일기 「섭란사적涉亂事迹」이 합해져『간양록』이란 유명한 책으
로 남았다. 원제목은 포로가 된 죄인이 쓴 글이라는 뜻에서 '건거록巾車錄'
이라 하였으나 강항 사후 38년인 1656년(효종7)에 책을 간행할 때 제자
들이 강항의 애국충절을 기린다는 의미에서 간양으로 고쳤다. '간양看羊'

은 흉노에 포로로 잡혀갔던 한나라 소무蘇武가 양을 치는 수모를 겪으면서도 충절을 잃지 않았다는 고사에서 나온 말이다.

春雨一番過	봄비가 한번 지나가고 나면
歸心一倍多	귀향하고픈 마음은 배나 많아진다오
何時短墻下	어느 때나 우리 집 담장 밑에
重見手栽花	손수 심어놓은 꽃을 다시 볼거나

　　수은은 포로로 잡혀가서도 여러 번 탈출을 시도하였으나 실패하였다. 고국에 대한 그리움이 북받칠 때마다 그는 시로써 마음을 달랬다.

殺牛載牛背	소를 죽여 소 등에 싣고 오니
牛亦牟然悲	소 또한 음메 하고 우네
奈何今世士	어찌하여 지금의 선비들은
同類互相夷	동류끼리 서로 원수가 되는가

　　소를 잡아서 소 등에 싣고 온다는 우의적인 내용으로 소도 슬피 우는데 인간은 당쟁을 일삼으며 서로 모함하고 살상하는 것을 풍자하고 있다.

千般哀怨血一封	온갖 슬프고 원망하는 혈서 한 통을
付與南飛白雁傳	남쪽에서 나는 백구에 붙여 전하였네
傷弓誰忍挾彈視	화살에 다쳐 누가 차마 탄환 맞은 것을 모를까
只恐芳緘遺道邊	다만 편지가 도로변에 떨어질까 두렵구나
蟻負高山涉北海	개미가 높은 산을 지고 북해를 건넜다 하고
人各異言君獨憐	사람들 말 구구한데 임금님만 날 어여삐 여기네

내산서원 전경

수은 자신이 왜적에게 포로로 붙잡혀 가서도 절조를 굽히지 않고 역경
속에서도 심혈을 기울여 적정을 탐지하여 '적중봉소'를 올렸던 사실을 암
시하고 있다. 그는 왜왕의 회유에도 불구하고 끝까지 지조를 잃지 않고
돌아왔다. 그러나 임금만 자신의 충심을 알아줄 뿐, 조정의 다른 신하들
은 그를 배척한다. 그리하여 향리에 은거하며 자신의 갈등과 고뇌를 시로
표현하였다.

용계사

문학 현장 – 『간양록』 등이 소장된 내산서원內山書院

(주소 : 전남 영광군 불갑면 강항로101)

영광군 불갑면에 있는 내산서원은 전라남도 시도기념물 제28호이다. 강항 사후 18년인 1635년(인조13)에 그의 도덕을 기리기 위해 태생지이자 선영이 있던 불갑면 금계리 서봉마을에 처음 세워졌다. 조정에서는 용계사龍溪祠라는 사액 현판을 내리고 강항의 수제자 윤순거尹舜擧와 그의 부친 윤황尹煌을 추가로 배향하였다. 1868년 서원철폐령에 의해 철거되었다가 광복 후 현재의 위치에 복원하고 '내산서원'이라고 하였다. 서원 입구의 정려문은 강항이 52세를 일기로 타계하여 이곳 산기슭에 묻히자, 식음을 전폐하고 그의 뒤를 따른 부인 함평이씨에게 내려진 열녀문이다.

임진왜란 400주년 재조명사업의 일환으로 1992년부터 연차적으로 유적지 정비사업을 하였다. 외삼문과 사당인 용계사를 중심축으로 외삼문,

수은 강항 묘소

내산서원, 내삼문, 사당 순으로 배치하여 전학후묘前學後廟의 형식을 따랐다. 내산서원 장서각에는 필사본 『간양록』, 『강감회요綱鑑會要』, 『운제록雲堤錄』 3종과 『문선주文選註』, 『잡지雜誌』 2종 등 5종 10책이 소장되어 있다. 서원 오른쪽으로 돌아 언덕에 올라가면 강항의 묘소가 있다.

한편 일본에도 그가 포로로 끌려간 오쓰시에 그의 현창비顯彰碑가 세워져 있다.

원림문학의 선구자 김인후와 세계유산 필암서원

작가 소개

　조선 중기의 대유학자인 김인후金麟厚(1510~1560)의 본관은 울산이고 자는 후지厚之, 호는 하서河西이다. 장성군 황룡면 대맥동에서 태어났는데, 어린 시절부터 총명하고 시문에 뛰어난 자질을 보여 이름이 널리 알려졌다. 10세 때 모재 김안국金安國에게서 『소학』을 배웠고, 신재 최산두를 찾아가 학문을 익혔다. 1531년 사마시에 합격, 성균관에 입학하여 퇴계 이황 등과 교유하였다. 1540년에 별시문과에 병과로 급제하였으며, 1543년에 홍문관박사 겸 세자시강원설서·홍문관부수찬이 되어 세자를 가르쳤다. 옥과현감을 지냈으며, 을사사화가 일어나자 병을 이유로 장성으로 귀향하였다. 그 뒤 여러 벼슬이 주어졌으나 사직하고 나아가지 않았다.

　하서는 일재 이항李恒(1499~1576)과 태극음양을 논하고, 고봉 기대승과 태극도설 및 사단칠정설을 강론하는 등 성리학자로서의 업적뿐만 아니라 천문·지리·의약·산수·율력에도 정통하였으며 시문에 능하여 10여 권의 시문집을 남겼다. 1796년(정조20)에 해동 18현 중 한 분으로 선정되어 문묘에 배향되었다. 정조는 "도학과 절의, 문장을 모두 갖추고 있는 사람은 오직 하서 한 사람뿐이다."라고 칭송하였다. 사후 장성의 필암서원과 옥과의 영귀서원詠歸書院 등에 제향되었으며, 영의정에 추증되었다. 저서

하서 김인후 동상

로는 『하서집』과 유명한 한시 교육서인 『백련초해百聯抄解』 등이 있다.

작품세계와 문학적 평가

하서는 시조와 한시 등 많은 문학 작품을 남긴 대문장가이다. 그의 시문집인 『하서집』에는 근 1,600여 수의 시가 수록되어 있다. 특히 「소쇄원 48영」, 「풍영정 10영」, 고경명, 박순 등과 함께 쓴 「면앙정 30영」 등 누정 원림문학이 많이 남아 있고, 전라북도 순창의 점암촌에서 지은 원림시도 있다. 그는 16세기 원림문학의 선구자였다.

百丈風潭六月秋　　백 길이나 되는 풍담 유월에도 서늘하여

亭前誰泛木蘭舟　　정자 앞에 어느 누가 목란주를 띄웠는가

煙江一葉眞人臥　　안개 낀 강 조각배에 진인이 누워 있어

雲漢枯槎海客浮　　은하수 위에 노를 저어 나그네 떠도는 듯

필암서원 전경(장성군청 홈페이지)

夜半飛鳴橫獨鶴	한밤중 외로운 학은 울면서 날아가고
波間出沒有輕鷗	물결 사이 들고 나는 갈매기 사뿐하구나
船窓擬訪仙滄叟	선창의 늙은이를 찾아가려 생각하니
魂夢長尋杜若州	꿈에 그리듯 두약주를 오래도록 맴도네

－「선창범주仙滄泛舟·선창에 배 띄우고」

　　극락강가 풍영정의 정취를 그림 그리듯 눈앞에 펼쳐 놓은, 하서의 솜
씨가 돋보이는 칠언율시이다. 풍영정 앞 극락강을 '칠계'라고 하는데 「칠
계 10영」, 최근에는 「풍영정 10영」으로도 불리는 시들 중 한 편이다.

엊그제 버힌 솔이 낙락장송落落長松 아니런가

져근덧 두던들 동량재棟樑材 되리러니

어즈버 명당이 기울면 어느 남기 버티리

1547년(명종2) '양재역 벽서사건'이 발단이 된 정미사화丁未士禍 때 목숨을 잃은 친구 금호錦湖 임형수林亨秀의 죽음에 대하여 개탄한 노래이다. 출중한 능력을 소유한 친구의 억울한 죽음에 크게 낙담하고 한탄하는 시조이다.

高低隨地勢	높고 낮은 건 지세에 따르고
早晚自天時	이르고 늦긴 천시에서 나오는데
人言何足恤	사람들 말을 어찌 근심하는가
明月本無私	밝은 달은 본시 삿됨이 없는 것을

- 「상원석上元夕·대보름 저녁」

하서가 여섯 살 때 지은 시다. 어려서부터 영민하고 사물을 관찰하는 능력이 출중했음을 잘 보여준다.

不分生困竟歸知	생지 곤지 구별 마소. 지에 가면 마찬가지
聖道雖遲學可追	성인의 도 비록 멀다지만 잘 배우면 따라가네
更合勿忘而勿助	부디 잊지 말고 또한 조장도 말며
且防怠忽亘孜孜	나태한 마음 막고 더욱 부지런하길

- 「권학勸學·학문을 권함」

하서는 "학문이란 다른 길 없고 오직 마음에 달렸으니, 내친 것을 거둔다면 어찌 어렵다 하랴."라고 말하며 학문의 요체는 게으른 마음을 방지하고 열심히 노력하는 것이라고 했다. 사람마다 기질의 차이는 있을지라도 성인

확연루

의 도를 부지런히 배우고 익히면 누구나 성인을 따라갈 수 있다고 하였다.

문학 현장 – 유네스코 세계유산 필암서원筆巖書院
(주소 : 전남 장성군 황룡면 필암서원로184)

필암서원은 하서 김인후의 학덕을 기리기 위해 1590년에 장성군 황룡
면 기산리에 건립한 서원이다. 정유재란 때 소실되었다가 1624년(인조2)
다시 세웠다. 1659년(효종10) 사액되어 1662년(현종3) 현종의 어필로 '필
암서원'이란 편액을 하사받았다. 1672년(현종13) 현재의 위치로 이전하
였고 1786년(정조10)에 하서의 제자이자 사위인 고암 양자징을 추배하였
다. 호남에서 유일하게 문묘에 배향된 하서를 기리는 서원이기에 1868년
대원군의 서원철폐령에서도 제외되었으며, 일제 강점기나 6·25 사변 때
에도 피해를 면했다. 1975년 4월 사적 제242호에 지정되고, 2019년 7월
10일 전국 9개 서원과 함께 유네스코 세계유산에 등재되었다.

서원의 문루인 확연루廓然樓(편액은 우암 송시열의 글씨)에 들어서면 9칸 대청과 좌우 3칸의 협실이 있는 강당 청절당清節堂이 있다. 강당의 대청에는 송준길宋浚吉의 편액이 있으며, 처마 밑에는 윤봉구尹鳳九가 쓴 필암서원 편액이 있다. 강당 뒤로 인조가 하서에게 하사한 묵죽도와 그 판각을 보관하던 경장각敬藏閣(편액은 정조의 초서 어필)과 유생들의 거처인 진덕재進德齋와 숭의재崇義齋가 있다. 서원 뒤편에는 하서와 고암의 위패를 모신 우동사祐東祠 등 제향 건물이 있다. 사우 왼편에 강학에 사용

인종이 세자일 때 하사했다는 「묵죽도」

한 목판과 하서의 문집과 유목 목판 등을 보관하던 장판각藏板閣이 있다.

필암서원 앞 유물전시관(원진각)에는 하서의 유품들과 보물 제587호로 지정된 필암서원 문서 일괄(노비보, 원장선생안, 집강안, 원적 등)이 전시되어 있다. 하서의 생애와 조선시대 서원 운영과 선비 교육에 관한 중요한 기록과 사료들을 볼 수 있다.

또한 서원 가까이에 전통예절과 한학 교육, 선비 체험, 청백리 전시실 등의 교육 기능을 갖춘 집성관이 운영되고 있다.

전라북도 순창군 쌍치면 둔전리 점암촌鮎巖村에는 '훈몽재訓蒙齋'가 있다. 을사사화가 일어나자 하서는 1548년부터 1549년까지 처가 마을인 이곳에서 '훈몽'이란 초당을 세우고 아이들을 가르쳤다. 하서는 그곳에서 「어암잡영魚巖雜詠」이라는 28수의 원림 시를 남겼다.

기봉 백광홍과 옥봉 백광훈의
문학 현장

작가 소개

기봉 백광홍

백광홍白光弘(1522~1556)은 전남 장흥군 안양면 기산리에서 출생했다. 자는 대유大裕, 호는 기봉岐峰이다. 아우인 풍잠 백광안, 옥봉 백광훈, 종제인 동계 백광성이 모두 시문에 뛰어나 '일문 사문장一門 四文章'이라 하였다. 어려서 일재一齋 이항李恒에게 글을 배우고, 김인후, 이이, 신잠, 기대승, 임억령, 정철, 양응정, 최경창 등과 교유하면서 문재와 학덕이 크게 완성되었다.

1549년(명종4) 28세에 사마시에 급제하고 1552년에 문과에 급제하여 홍문관정자로 임명되었다. 그 당시 호남과 영남의 문신들이 성균관에서 시재를 겨루게 되자 기봉이 「동지부冬至賦」라는 작품으로 으뜸을 차지하여 명종에게서 선시집選詩集 10권을 하사받았다. 1555년 34세 때 평안도 평사가 되었다가 이듬해 병환으로 귀향 중 전북 부안에서 35세의 나이로 일찍 운명하였다. 문집으로 『기봉집』이 있으며 장흥의 기양사岐陽祠에 제향되었다.

백광훈白光勳(1537~1582)의 자는 창경彰
卿, 호는 옥봉玉峯이다. 1564년(명종19) 진사
시에 합격하고 1577년 전주영전 참봉을 지
내고, 46세인 1582년(선조10)에 소격서 참
봉으로 있다가 그해 운명하였다.

옥봉은 한 시대를 풍미한 걸출한 시인이
었다. 아버지의 권유로 진사가 되지만 당시
혼란스러운 정국에서 입신양명의 꿈보다는
유랑하는 삶을 즐겼다. 손곡 이달, 고죽 최
경창과 더불어 삼당시인三唐詩人으로 불렸으

옥봉 백광훈

며, 임제 등과 같이 호남 서정시를 대표하는 작가이다.

처향인 해남군 옥천면 원경산 옥봉 아래 '옥산서실'을 짓고 시를 쓰며
은거했다. 5백여 수의 시를 지었는데, 대부분의 작품은 초연한 자세로 자
연을 바라보는 관조미가 넘친다. 사후인 1608년 아들 진남振南이 아버지
의 유작을 모아서 『옥봉집玉峯集』을 간행하였다.

작품세계와 문학적 평가

기봉 백광홍은 34세 때인 1555년 우리나라 기행가사의 효시로 알려진
「관서별곡」을 지었다. 25년 뒤에 송강 정철은 이 작품의 체재와 수사修辭
를 모방하여 「관동별곡」을 지었다고 알려져 있다.

관서關西 명승지名勝地에 왕명王命으로 보내실새

행장行裝을 다사리니 칼한나뿐이로다

연조문延詔門 내달아 모화고개 너머드니

귀심歸心이 빠르거니 고향故鄕을 사념思念하랴

벽제碧蹄에 말 가라 임진臨津에 배 건너

옥산서실

천슈원天水院 도라드니 송경松京은 고국故國이라

만월대滿月臺도 보기 슬타 황강黃岡은 전장이라

형극荊棘이 지엇도다 산일山日이 반사半斜컨을

— 백광홍, 「관서별곡關西別曲」 부분

평안도평사의 벼슬을 제수받고, 관서지방을 향해 출발하는 것부터 부임지를 순시하기까지의 기행 노정을 운치 있게 그려낸 작품이다. 단순한 노정과 사실만을 기록하지 않고 대상에 자신의 정서를 담고, 문학적 상상력을 실어서 표현하고 있다.

옥봉 백광훈은 시로 이름을 날렸다. '최백의 무리'라 하여, 고죽 최경창과 함께 이름을 날렸다. 옥봉은 그야말로 한생을 시와 더불어 자연에 묻혀 살다가 갔다. 누군가 운자韻字로 '춘春'을 주고 고시로 종장을 답하라

기양사

고 운을 떼니, 백광훈은 잠시도 머뭇거리지 않고 '강화수수춘江花樹樹春'이
라 응수했다. 상대가 의아해하자 백광훈은 곧바로 즉흥시를 읊어서 좌중
을 놀라게 하였다고 한다. 다음의 시에 보이는 구절이다.

夕陽江上笛	저녁놀 비낀 강에 피리 소리
細雨渡江人	가랑비 속 강 건너는 사람 있네
餘響杳無處	남은 울림 아득히 간데없고
江花樹樹春	강가 꽃나무마다 봄이 왔구나

– 백광훈, 「능소대하문적陵霄臺下聞笛·능소대 아래서 피리 소리 들으며」

천안 삼거리 부근의 절 홍경사 터에 고려의 대학자 최충이 지은 시가
새겨진 오래된 비석이 있었다. 북적이던 사람들과 절은 어디론가 사라지

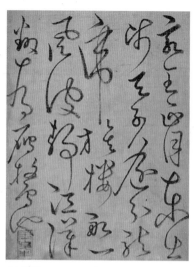

옥봉간찰

고 마당에는 풀만 무성하고 하늘에는 구름만 떠다니고 있다. 아래 시는
지나가는 세월의 무상함을 시로써 표현한 것이다.

秋草前朝寺	지난 왕조의 절터에 추초가 무성하니
殘碑學士文	쇠잔한 비석에는 학사의 글만이 있네
千年有流水	천년 동안 흐르는 물은 그대로인데
落日見歸雲	지는 해에 돌아가는 구름만을 보네

— 백광훈, 「홍경사弘慶寺」

문학 현장 – 기양사岐陽祠 (주소 : 전남 장흥군 안양면 동계길33–26)·**옥산서실**玉山
書室 (주소 : 전남 해남군 옥천면 송산길37–9)

기양사는 장흥읍에서 10여 분 거리에 있으며 사자산 자락에 자리하고
있다. 주벽인 정신재靜愼齋 백장白莊을 비롯해 백광홍, 백광훈 등 13현을

기양사 13현비

배향한 사당이다. 전남도 지정 유형문화재 제207호이며, 경내에는 기양 강당이 있고, '기양사 13현비', '관서별곡비'가 세워져 있다.

　해남군 옥천면 송산리 마을에 있는 옥산서실 앞에는 '옥봉백광훈행장비', '옥봉사묘정비'가 세워져 있고 사당 안에 있는 '옥봉유물관'에는 1582년 옥봉이 운명하자 선조 임금이 보낸 영여靈輿가 보존되어 있다.

　유물관은 4칸 목조건물로 시집 목판본, 교지, 한석봉 목판 등 각종 유물도 보존되어 있다. 백광훈은 명필로도 이름을 날렸는데, 당시에 초서의 일인자로 널리 알려졌다. 옥봉의 유물과 유품은 전라남도 유형문화재 제181호로 지정되었다. 옥봉의 신도비는 옥천면 소재지 우체국 앞에 세워져 있다.

호남의 대실학자 존재 위백규와 장천재

작가 소개

존재 위백규 동상

조선 후기 호남의 대실학자 위백규魏伯珪 (1727~1798)의 본관은 장흥이고 자는 자화子華, 호는 존재存齋이다. 전남 장흥군 관산읍 방촌리에서 태어났는데, 어려서부터 총명하여 세인들을 놀라게 했다. 병계屛溪 윤봉구尹鳳九를 찾아가 학문을 익혔다. 그는 실제적인 학문에 몰두하여 천문·지리·율력·복서·병도·산수로부터 백공기예百工技藝에 이르기까지 모두 익혀 통달하지 않은 것이 없었다고 한다.

1764년(영조40) 38세 때 동양 및 세계지리를 기술한 『환영지寰瀛誌』, 당시 사회의 폐단을 지적하고 이의 개혁방안을 제시한 『정현신보政弦新譜』 등을 지었다. 1765년 생원 복시에도 합격하였으나 벼슬에 뜻을 두지 않고 천관산의 장천재에서 경전 탐구에 매달렸다.

70세 때인 1796년에 『환영지』를 본 정조가 그 책과 다른 책 백여 권을 내각에 올리라 하고 관직도 제수하자 입궐하여 백성의 실상과 그 해결책

장천재

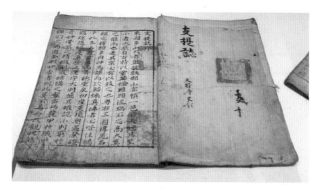

『지제지』(방촌유물전시관)

을 논한 「만언봉사소萬言封事疏」를 올렸다. 노환으로 물러나기를 청하였으나 허락되지 않고 옥과현감에 임명되었다. 1798년 72세의 나이로 세상을 떠났다. 장흥읍에 그의 동상이 서 있으며 문집으로 『존재집』을 남겼는데 최근에 번역이 되었다.

그 밖에도 중요한 지방문헌인, 천관산에 대한 사적을 모아서 정리한 『지제지支提志』 등이 있다.

작품세계와 문학적 평가

존재는 농민들의 일상을 다룬 시조 「농가」와 여러 편의 한시 등 많은 문학 작품을 남겼다. 이 작품 중에는 그의 실학적인 면모가 돋보이는 사회시들이 많다. 다음은 「농가農歌」의 원문과 현대어 풀이이다.

(원문)

셔산의 도들 벗 셔고 구움은 느제로 내다

비 뒷 무근 풀이 뉘 밧시 짓터든고

두어라 차레 지운 닐이니 매는 다로 매오리라

(풀이)

서산에 아침 햇볕이 비치고 구름은 낮게 떠 있구나

비 온 뒤의 묵은 풀이 누구의 밭에 더 짙어졌는가

아아! 차례가 정해진 일이니 묵은 풀을 매는 대로 매리라

(원문)

아해난 낙기질 가고 집사람은 저리채 친다

새밥 닉을 따예 새술을 걸러셔라

아마도 밥들이고 잔자블 따여 호흠계워 하노라

(풀이)

아이는 낚시질 가고 집사람은 절이채(겉절이 나물) 친다

새밥 먹을 때에 새 술을 거르리라

아마도 밥 들이고 잔 잡을 때 호탕한 흥에 겨워하노라

　　농촌의 일상을 사실적으로 그린 시조 「농가 9장」 중, 1장과 8장이다. 단순히 농촌과 자연을 음풍농월하는 관조의 대상으로 삼는 데서 벗어나, 땀 흘리며 일하는 생활의 터전으로 그려냄으로써 일반적인 사대부들의 시조들과 다른 성격을 나타낸다.

牟還檢督正得時	보리 환곡 검독관들 바로 때를 만나서
縛人秧田索錢食	못논에 사람 잡아두고 돈과 밥을 내라 성화라네
倉監大言國穀重	창감은 나라 곡식 소중하다고 큰소리치고
猛打里胥臀皆坼	마을 서리를 사납게 쳐서 볼기짝이 다 터졌네

－ 「연년행年行」

존재 고택(문화재청)

보리 환곡의 폐단을 지적한 시이다. 보리 수확이 끝나자마자 보리 환곡을 서둘러 걷어가려는 검독관과 창감이 농민들에게 돈과 먹을거리를 토색질하고 행패를 부리는 장면이 선명하게 드러난다. 각 지역에서 환곡을 둘러싼 폐단은 이른바 삼정三政(전정·군정·환곡)의 문란으로 조선 후기 농촌사회의 대표적인 문제였다. 환곡을 나누어 주고 돌려받는 수령, 서리들의 손에 의해 농민들이 고통받는 현실을 다루었다.

문학 현장 – 후학 양성과 시문 교류의 장천재長川齋

(주소 : 전남 장흥군 관산읍 천관산길15)

장천재는 전라남도 유형문화재 제72호로 관산읍 방촌리 천관산 기슭에 자리하고 있다. 조선 중종 때 강릉 참봉이었던 위보현이 장천동에 어머니를 위한 사당을 짓고 승려로 하여금 이를 지키게 한 것이 그 유래가 되었다. 1659년(효종10) 사찰을 철거하고 재실을 창건하였으며, 1873년(고종10)에 현재의 형태로 중수하였다. 위백규는 어려서 이곳에서 수학하

장천재

였으며, 또 후학을 양성하고 학자들과 시문을 교류하였다. 현재는 장흥위씨 방촌계파의 제각으로 이용되고 있다.

　장흥군 관산읍에서 23번 국도를 타고 남쪽으로 가다가 보면 길가에 석장승 2기가 서 있는 마을이 나온다. 이곳이 호남의 3대 마을 중 하나인 방촌마을로 위씨 자작일촌이다. 마을에는 1984년 국가민속문화재 제161호로 지정된 존재 고택(전남 장흥군 관산읍 방촌길91-32)이 있다.

　또한 마을 입구 도로변에는 존재와 후손들이 남긴 유물을 보존하기 위해 근래에 설립한 '방촌유물전시관'이 있다. 이곳에서는 존재의 유물뿐만 아니라 방촌의 주거, 복식, 음식 문화 등을 볼 수 있다. 존재가 정조 임금에게 올린 「만언봉사소萬言封事疏」와 정조의 「비답서批答書」가 전시되어 있다.

시조문학의 최고봉 윤선도와
녹우당·부용동 원림

작가 소개

조선시대 시조문학의 최고봉인 윤선도尹善道(1587~1671)의 자는 약이約而, 호는 고산孤山이며 본관은 해남이다. 한양 연화방(서울 종로구 연지동)에서 출생하였다. 공조좌랑, 한성부서윤, 사헌부지평 등을 역임하였는데 한평생 유배와 은둔, 출사를 반복하였다.

그는 8세 때 종가에 입양되어 해남에서 살았다. 어려서부터 학문을 좋아하여 두루 깊이 공부하였는데 특히『소학』을 가까이하여 지침으로 삼았다. 성균관 유생으로 공부하던 때에 집권세력의 죄상을 상소하였다가 함경도 경원으로 유배당하였다. 인조반정 후 의금부 도사로 임명되었으나 사직하고 해남으로 내려가 지냈다. 42세 때 별시 문과 초시에 장원으로 합격한 후 송시열과 함께 봉림·인평대군의 사부로 지냈다.

51세 되던 해인 1637년 인조가 병자호란으로 인하여 청나라에 항복하자 통분하여 세상을 멀리하고자 제주도로 향하던 중 보길도를 발견, 산수에 매혹되어 부용동에 낙서재를 짓고 살았다. 보길도와 해남 금쇄동을 오가며 풍류생활을 즐기다 85세에 보길도에서 눈을 감았다.

문집『고산선생유고孤山先生遺稿』에 360여 수의 한시가 실려 있으며, 별집別集에도 한시문과 시조가 실려 있다. 친필로 된 가첩歌帖으로『산중신

孤山先生尊影

고산 윤선도 영정

녹우당 전경

녹우당 현판

곡山中新曲」,『금쇄동집고金鎖洞集古』 2책이 전한다. 또한 지금까지 잘 알려지지 않은 한시집과 동시東詩(과체시科體詩) 작품 200여 수 등의 한시가 더 남아 있어서, 그의 한시는 모두 600여 수가 넘는다.

작품세계와 문학적 평가

고산은 자연을 문학의 제재로 채택한 시조 작가 가운데 가장 탁월한 역량을 나타낸 것으로 평가받아 단가短歌의 1인자로 불린다. 그는 함경도 경원慶源으로 유배되었을 때 그곳에서 「견회요遣懷謠」 5수와 「우후요雨後謠」 1수 등 시조 6수를 지었다. 해남 금쇄동을 배경으로는 「산중신곡山中新曲」·「산중속신곡山中續新曲」·「고금영古今詠」·「증반금贈伴琴」 등을 지었다. 65세 되던 해인 1651년(효종2)에는 정신적 안정 속에서 보길도를 배경으로 「어부사시사漁父四時詞」 40여 수를 지었다.

압개에 안개 것고 뒫뫼희 히 비췬다

빈 떠라 빈 떠라

밤믈은 거의 디고 낟믈이 미러 온다

지국총至匊悤 지국총至匊悤 어사와於思臥

강江촌村 온갓 고지 먼 빗치 더옥 됴타

— 「어부사시사漁父四時詞 —춘사春詞 1」

간밤의 눈 갠 후後에 경景물物이 달랃고야

이어라 이어라

압희논 만萬경頃 류琉리璃 뒤희논 천千텹疊 옥玉산山

지국총至匊悤 지국총至匊悤 어사와於思臥

션山계界ㄴ가 불佛계界ㄴ가 인人간間이 아니로다

— 「어부사시사漁父四時詞 —동사冬詞 4」

몽천요 시비

　이 작품은 춘하추동으로 나뉘어 각각 10수씩 모두 40수로 되어 있다. 고려 때부터 전하던 「어부가漁父歌」를 이현보李賢輔가 9장의 장가 5장의 단가로 고쳐 지었고, 다시 윤선도가 시조의 형식에 여음만 넣어 완성한 것이다. 자연에 묻혀 사는 한가로움과 즐거움을 한껏 구가하고 있다.

> 내 버디 몇이나 하니 수석水石과 송죽松竹이라
>
> 동산에 달 오르니 긔 더욱 반갑고야
>
> 두어라 이 다섯 밖에 또 더하여 머엇 하리
>
> 　　　　　　　　　　　　　　　　　－「오우가五友歌」 제1수

　작자가 56세 때 해남 금쇄동金鎖洞에 은거할 무렵에 지은 6수의 연시조로 『산중신곡』에 실려 있다. 영원불변의 자연물을 심미적 대상이면서

고산 윤선도 시비

동시에 인간의 덕성을 유추해 낼 수 있는 유교적 이념을 표방하는 매개물로 예찬하고 있다.

> 상뿩해런가 꿈이런가 백옥경白玉京의 올라가니
> 옥황玉皇은 반기시나 군선群仙이 꺼리는다
> 두어라 오호연월五湖煙月이 내 분分일시 올탓다
>
> —「몽천요夢天謠」제1수

「몽천요」는『고산유고』에 실려 있는 3수로 된 연시조 중 첫 수이다. 「어부사시사」를 지은 이듬해, 효종은 어릴 적 스승인 고산에게 승지 벼슬을 내렸으나 다른 신하들이 불공정한 인사라고 비판하였다. 이에 노환을 이유로 물러나서 양주 고산孤山에 머물러 있을 때 지은 작품이다. 현 남양주

시 수석동에는 '몽천요 시비'가 세워져 있다.

문학 현장 – 녹우당綠雨堂 (주소 : 전남 해남군 해남읍 녹우당길135)· 부용동芙蓉洞 원림 (주소 : 전남 완도군 보길면 부황길57)

녹우당은 해남읍 연동에 있다. 해남읍에서 대흥사 방향으로 향하다가 덕음산이 보이는 왼편으로 접어들면 나온다. 고산이 살았던 집으로 윤선도의 4대 조부인 윤효정尹孝貞(1476~1543)이 연동에 터를 정하면서 지은 15세기 중엽의 건물이다. 대문을 들어서면 바로 사랑마당인데, 앞면에 사랑채가 있고 서남쪽 담 모퉁이에는 조그마한 연못이 있다.

사랑채는 효종이 윤선도에게 내려준, 경기도 수원에 있던 집을 1668년(현종9)에 이곳으로 옮긴 것이다. 사랑채 뒤 동쪽 대문을 들어서면 안채가 'ㄷ'자형으로 되어 있다. 입구에는 당시에 심은 은행나무가 있고 뒷산에는 천연기념물로 지정된, 500여 년 된 비자나무숲이 우거져 있다.

녹우당 아래쪽에 고산 윤선도 유물 전시관(전남 해남군 해남읍 녹우당길130)이 자리하고 있다. 해남윤씨 집안의 학문과 예술을 볼 수 있는 곳으로 윤선도와 후손인 공재 윤두서 등이 남긴 문화유산을 소장하고 있는 전시관이다. 이곳에는 국보인 '윤두서자화상', 보물 『산중신곡집』, 『어부사시사집』 등의 지정문화재와 3천여 건의 많은 유물이 보관되어 있다.

부용동은 조선시대 대표적 민간 원림으로 1992년 1월에 사적 제368호로 지정되었다가, 2008년 1월에 명승 제34호로 재지정되었다. 윤선도는 이곳의 지형이 마치 연꽃 봉우리가 터져 피는 듯하여 부용동芙蓉洞이라 이름하고 이 일대에 정자와 연못을 축조하여 자연을 벗 삼아 유유자적하였다. 「어부사시사」 40수와 32편의 한시를 창작한 곳이다.

부용동 원림은 세연정洗然亭, 낙서재樂書齋와 곡수당曲水堂, 동천석실洞天石室의 세 구역으로 구성되어 있다. 세연정洗然亭에는 산에서 흘러내리는 개울물을 판석으로 만든 보를 설치하여 둑을 조성하고, 자연적으로 수

세연정

위 조절이 되도록 만든 연못 세연지와 고산의 풍류 생활을 상징하는 동대
와 서대라는 자연석으로 쌓아올린 무대가 있다. 그리고 야트막한 돌담길
을 따라 들어가 곡수당曲水堂을 지나면, 서실書室을 갖춘 생활공간으로 고
산이 학문을 연구하던 낙서재가 있다. 산비탈 쪽 높은 곳에 휴식과 독서
의 공간으로 쓰이던 동천석실, 그리고 고산이 다도를 즐기던 반석盤石 등
이 있다.

풍자시인 김삿갓과 남도의 유적지

작가 소개

　조선 후기 방랑시인이자 풍자시인인 김병연金炳淵(1807~1863)은 경기도 양주에서 태어났다. 자는 성심性深이고 호는 난고蘭皐이다. 평생 삿갓을 쓰고 다녔기 때문에 흔히 김립金笠 또는 김삿갓이라고 불렸다. 당대 세도가 집안인 안동김씨이다. 그러나 1811년(순조11) 홍경래의 난 때, 평안도 선천 부사로 있던 할아버지 김익순이 홍경래에게 항복해버림으로써 자손들은 죽임을 당하거나 관노가 될 처지에 놓였다. 이때 어린 김병연은 노비의 도움으로 형과 함께 황해도 곡산으로 피신하였다. 후에 죄가 용서되어 집으로 돌아왔으나 이미 아버지는 화병으로 세상을 떴다. 어머니는 패가망신한 집안이라고 멸시받는 것이 싫어서 자식들을 데리고 강원도 영월로 이사해 숨어 살았다.

　어느 날 김병연은 고을에서 열린 백일장에 나갔다. 홍경래의 난 당시 역도에게 항복한 선천부사 김익순의 죄를 논하라는 과제가 출제되자, 김익순을 비판하는 시를 써서 장원을 하였다. 그러나 김익순이 자신의 할아버지라는 것을 알게 된 후, 삿갓을 쓰고 세상을 떠돌았다. 김병연은 금강산 유람을 시작으로 각지를 떠돌다가 1863년 전라도 화순 동복에 있는 정시룡이라는 선비의 집에서 57세의 나이로 일생을 마쳤다. 뒤에 아들

김삿갓 동상

익균이 찾아와 아버지의 유해를 강원도 영월군 의풍면으로 이장하였다고 한다.

현재 영월군 김삿갓면 와석리 노루목에 김삿갓 유적지가 조성되어 곳곳에 시비가 세워지고 난고 김삿갓문학관도 건립되어 있다. 맨 처음에 그의 시를 묶은 『김립시집金笠詩集』이 1939년에 발간된 이후로, 그의 시집은 40여 차례 이상 출간되었다. 또 일본어판으로도, 영어판으로도 이미 출간되어 전 세계인들에게 그의 문학이 알려지고 있다.

작품세계와 문학적 평가

김병연은 신분을 감춘 채 조선 팔도를 떠돌아다니며 특유의 해학과 풍자가 담긴 시를 많이 지었다. 한시의 압운을 맞추었으나 파격의 언어유희로 전통 한시의 근엄한 권위에 대해 도전하였다. 체제가 요구하는 격식을

물염정. 김삿갓공원

갖출 능력이 있음에도, 백성들 속에 섞여 날카로운 풍자로 양반 사회를
희롱하고 서민의 애환을 읊으며 일생을 보냈다. 그러는 한편 그는 동시東
詩(과체시)에도 능하여 2백여 수를 남겼기에, 그 분야 가장 많은 작품을
남긴 시인이다.

一爾世臣金益淳 대대로 임금을 섬겨온 김익순은 듣거라

鄭公不過卿大夫 정공鄭公은 경대부에 불과했으나

將軍桃李隴西落 농서의 장군 이능처럼 항복하지 않아

烈士功名圖末高 충신열사들 가운데 공과 이름이 으뜸이로다

(중략)

魂飛莫向九泉去 너의 혼은 죽어서 저승에도 못 갈 것이니

地下猶存先大王 지하에도 선왕들께서 계시기 때문이라

忘君是日又忘親	이제 임금의 은혜를 저버리고 육친을 버렸으니
一死猶輕萬死宜	한 번 죽음은 가볍고 만 번 죽어야 마땅하리
春秋筆法爾知否	춘추필법을 너는 아느냐
此事流傳東國史	이 일은 역사에 기록하여 천추만대에 전하리라

– 장원 급제 시

김삿갓이 백일장에 나가 과제科題에 답한 시권試卷으로 알려진 유명한 시이다. 그러나 이 시가 다른 사람의 작품이며, 관련 일화도 사실 여부를 알 수 없다는 이야기가 있기도 하다. 이 시의 원제목은 「논정가산충절사탄김익순죄통우천論鄭嘉山忠節死嘆金益淳罪通于天(가산군수 정시의 충절을 논하고 김익순의 죄를 탄식하다)」이었다. 그러나 사람들 사이에서는 그냥 '장원급제시'라는 별칭으로 알려져 있다.

此竹彼竹化去竹	이대로 저대로 되어 가는 대로
風打之竹浪打竹	바람치는 대로 물결치는 대로
飯飯粥粥生此竹	밥이면 밥 죽이면 죽 이대로 살아가고
是是非非付彼竹	옳으면 옳고 그르면 그르고 저대로 맡기리라
賓客接待家勢竹	손님 접대는 집안 형세대로
市井賣買歲月竹	시장에서 사고팔기는 세월대로
萬事不如吾心竹	만사를 내 마음대로 하는 것만 못하니
然然然世過然竹	그렇고 그런 세상 그런대로 지나세

– 「죽사竹詩·대나무시」

세속을 초월한 고고한 선비의 절개를 표상하던 대나무가 이 시에서는 '될 대로 되라'는 '대'로 전락하고 있다. 이러한 파격의 시들은 후에 기존 한시의 작법을 패러디하여 아예 한글로 한시를 짓는 언문풍월諺文風月로 나아간다.

無等山高松下在	무등산이 높다더니 소나무 가지 아래 있고
赤壁江深沙上流	적벽강이 깊다더니 모래 위에 흐르더라

— 「무등산無等山」

팔도를 유랑한 김병연은 남도 곳곳에 흔적을 남겼다. 그가 썼다고 알려진 무등산 관련 한시도 화순 어느 집안에 적혀서 남아 있던 시구이다.

鳥巢獸穴皆有居	새도 둥지가 있고 짐승도 굴이 있건만
顧我平生獨自傷	내 평생은 혼자 슬프게 살아왔구나
芒鞋竹杖路千里	짚신 신고 대지팡이로 천 리 길 다니며
水性雲心家四方	물처럼 구름처럼 사방이 내 집이었지
尤人不可怨天難	남을 탓할 수도 하늘을 원망할 수도 없어
歲暮悲懷餘寸腸	해마다 해가 저물면 서러운 마음에 슬퍼했노라

— 「회향자탄懷鄕自歎·고향을 그리워하며 스스로 탄식하다」 부분

그의 파란만장한 일생을 압축적으로 표현한 34구의 장시이다. 「난고평생시蘭皐平生詩」로 알려져 있었지만, 원래는 「회향자탄懷鄕自歎」이라는 제목의 시이다. 말년에 전라도 화순 동복에서 지은 작품이다. "머리 굽신거림이 어찌 내 본성이리요. 궁한 신세 속인들의 백안시白眼視만 받았고, 돌아가기도 어렵고 머물기도 어려워 몇 날을 길가에서 서성였던가" 등 구절구절마다 김삿갓의 고독과 한이 절절히 전해진다.

김삿갓 문학 동산   김삿갓 종명지 표지석

문학 현장 – 물염정勿染亭 (주소 : 전남 화순군 이서면 물염로161)·
삿갓문학동산 (주소 : 전남 화순군 동복면 구암길76)

　화순군 이서면 동복댐 적벽 근처에는 물염정이 있다. 이는 조선 중종,
명종 대에 성균관전적成均館典籍 및 구례, 풍기군수를 역임한 홍주송씨 물
염勿染 송정순宋庭筍(1521~1584)이 혼탁한 권력에 염증을 느끼고, 세상 어
떤 티끌에도 물들지 않고 살겠노라 선언하고 낙향하여 세운 누정이다. 이
누정으로 올라가는 입구 근처 넓은 곳에 김병연의 석상과 시비가 있다.

　또한 광주 시내에서 무등산으로 올라가다 보면 제4수원지 근처에 청
풍쉼터가 있다. 이곳에 김삿갓 동산이 있고, 그 안에 1978년에 세운 시비
도 있다.

　김병연은 화순군 동복면 구암마을에서 운명하였다. 화순군에서는 이
곳 종명지終命地(운명한 곳) 일대에 김삿갓 석상과 시비 등을 세워 삿갓문
학동산으로 조성하였다. 인근에는 동복천을 따라 아름드리 느티나무와
팽나무, 상수리나무, 왕버들 등이 즐비하게 늘어선 연둔리 숲정이도 있어
서 사람들이 많이 찾는다.

현대문학편

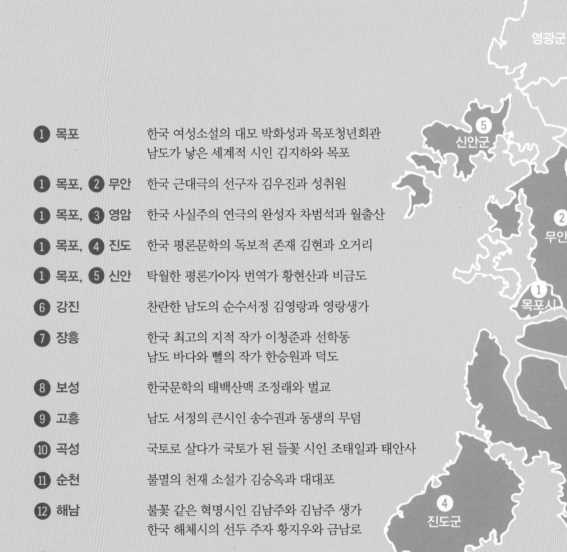

한국 근대극의 선구자 김우진과 성취원

작가 소개

극작가 김우진

김우진은 1897년 전남 장성에서 김성규의 장남으로 출생했다. 호는 초성焦星 혹은 수산水山이다. 1907년(11세) 당시 장성 군수였던 아버지가 무안(현 목포) 감리로 발령을 받으면서 목포 성취원成趣園으로 이주하였다. 목포공립보통학교(현 목포북교초등학교)를 졸업한 뒤, 일본 구마모토농업학교를 거쳐 1924년 와세다대학교 영문학과를 졸업하였다. 1926년 가정·사회·애정 문제로 번민하다가 당시 '사의 찬미'로 유명했던 가수 윤심덕(본명 윤수선)과 함께 29세의 젊은 나이로 현해탄에 투신자살했다. 한마디로 그는 전근대와 근대의 해협을 항해하다 침몰한 난파선이자, 불꽃 같은 삶을 살다 간 비운의 천재였다.

김우진은 와세다대학교 재학 시절부터 본격적인 문학의 길로 접어들었다. 다눈치오, 보들레르, 브라우닝, 하이네 등 독일과 프랑스 시인들의 작품을 탐독하며 시작詩作을 하였고, 칸트·헤겔·쇼펜하우어·니체·마르크

희곡 『산돼지』(사진 목포문학관)

스 등의 영향을 받아 합리적이고 냉철한 서구적 교양과 인격을 갖추었으며, 본과인 영문학과에 다닐 때는 종합예술인 연극에 심취했다. 그리하여 1920년 조명희, 홍해성, 고한승, 조춘광 등 유학생들과 함께 '극예술협회'를 조직하였고, 1921년에는 '동우회同友會'를 조직하여 국내 순회공연을 하기도 했다.

대학을 졸업하고 귀향한 그는 아버지가 물려준 '상성합명회사'의 사장으로 일하는 한편, 1925년 목포 지역 최초의 문학동인회인 'Societe Mai(5월회)'¹를 조직하여 리더로 활동하였다. 구마모토농업학교 시절부터 습작 활동을 통해 문학의 꿈을 키워오던 그는 대학에 들어간 1920년부터 1926년 8월 사망하기까지 약 7년 8개월이라는 짧은 기간 동안 『정오』, 『이영녀』, 『두더지 시인의 환멸』, 『난파』, 『산돼지』 등 희곡 5편을 비롯하여 시 49편, 소설 3편, 번역 3편, 연극 및 문학평론 20편 등 문학 전반에 걸쳐 괄목할 만한 성과를 남겼다.

---

1 1926년 1월부터 6월까지 연극평론을 〈시대일보〉에 연재하고, 그 밖의 평론과 연극평론, 희곡을 〈조선일보〉, 『개벽』, 『학조』 등에 발표할 동안 시는 오로지 『Societe Mai』에만 실었다. 따라서 그가 쓴 연극평론, 희곡 등이 여러 활자 매체를 통해 발표된 것에 비하면 시 발표는 미미했다고 볼 수 있다.

김우진 육필원고 단편소설 「공상문학」
(사진 목포문학관)

작품세계와 문학적 평가

김우진은 호남 근대문학의 출발점이요 한국 근대극의 선구자로 통한다. 또한 그는 한국 근대문학의 출발과 관련해서도 중요한 자리에 놓여 있다. 1913년에 창작한 단편소설 「공상문학」[2]은 등장인물을 통해 전근대와 근대의 충돌을 그리고 있는데, 이는 창작 시기로만 보면 최초의 근대소설로 알려진 이광수의 「무정」(〈매일신보〉, 1917)보다 4년이나 앞서고, 호남 최초의 근대소설인 박화성의 「추석전야」(『조선문단』, 1925)보다 12년이나 앞선다. 또한 구마모토농업학교 재학 시절인 1915년 근대지식인으로서 고뇌와 방황을 노래한 일문시 「아아 무엇을 얻어야 하나」를 창작했다. 이는 우리나라 최초의 근대자유시로 알려진 김억의 「봄은 간다」(〈태서문예신보〉, 1918)와 주요한의 「불놀이」(『창조』, 1919)보다 3~4년이나 앞서고, 호남 최초의 근대자유시로 거론되는 조운의 「불살라주오」(〈동아일보〉, 1922)보다 7년 앞서며, 호남은 물론 한국 현대시의 진정한 출발점으로 보고 있는 김영랑 등 시문학파의 시(『시문학』, 1930)보다

2　김우진이 최초로 쓴 단편소설 「공상문학」은 "쓸데없는 정념을 일으킨다."는 백하청(실제 김우진의 아버지 김성규일 수 있음)과 갈등하면서도 문학을 고수하는 주인공 백순자(실제 김우진일 수 있음)가 끝내 죽음에 이르게 된다는 내용을 담고 있다.

는 15년이나 앞선다. 다만, 그의 시와 소설이 근대성은 충분하지만 습작품의 성격이 강하고 미발표작이라는 점,[3] 시의 경우 일문으로 되어 있고(그러나 40편은 국문시임) 작품성이 다소 떨어진다는 점(직설적인 관념의 노출과 감상성, 형상화의 미숙)[4], 소설의 경우 3편을 끝으로 희곡 창작에 주력한 점 등으로 인해 안타깝게도 제대로 평가를 받지 못하고 있다. 게다가 그는 체계적인 이론을 바탕으로 당대 비평계의 허구성을 비

연극 「이영녀」 포스터

판한 문학평론 20편을 남긴 호남 최초의 비평가이기도 했다.[5]

문학 현장 – 「이영녀」와 성취원

(주소 : 목포시 북교길17번길1)

사실주의에 입각한 희곡 「이영녀李永女」는 '유달산 밑 판자촌'을 배경으로 한 그의 대표작이다. 이 작품은 1924년 여름부터 1925년 겨울까지 약 일 년 반에 걸친 주인공 이영녀의 삶의 과정을 그리고 있다. 젊지만 가난

---

3 문학작품은 지면을 통해 발표되어야만 공식적인 효력을 발휘함.
4 혹자는 그의 시에 대해 "낭만적 주정성과 상징주의적 요소에 폴 베를렌의 퇴폐주의적 경향"을 띠고 있다거나, "시적 사유가 초월적·초역사적인 지점에 있으며 전통적인 사유보다는 서구적인 사유에 이어져 있어 허무주의적이고 염세적"(유민영, 「초성 김우진 연구」, 『한양대 논문집』 제5집, 1971, 95쪽.)이라고 비판한다. 그러나 이는 동시대의 시인이자 한국 근대시의 선구자로 인정되는 김억이나 주요한의 시, 나아가 1920년대 '백조파'의 시에서도 동일하게 발견되는 한계점이라 할 수 있다. 이에 반해 "사변적이라는 한계에도 불구하고 인식적 깊이를 확보하고 있다는 점에서 한국 근대시에 나타난 초기적 모습의 하나의 진전된 양태"(손화숙, 「김우진의 시 연구」, 『어문논집』 제33집, 고려대학교 국어국문학회, 1994, 442쪽.)라거나, "일정한 한계에도 불구하고, 근대적 자의식에 의해 현실을 직시하고 그에 대한 시적 인식을 보여준 한국 근대시의 실체이자 남도 시문학의 자산"(김동근, 앞의 글, 161쪽.)이라는 평가를 받기도 한다.
5 특히 「이광수류의 문학을 매장하라」, 「아관(我觀) 계급문학과 비평가」 등의 문학평론을 통해 1920년대 초중반 최고의 문인이었던 이광수와 프롤레타리아문학을 신랄하게 비판했다.

김우진의 집 '성취원'(현 북교동성당)

한 이영녀는 생활비와 자식들의 교육비를 벌기 위해 매춘을 하다가 구속된다. 경찰서장의 선처와 도움으로 공장에 취직하지만, 감독의 비인간적인 대우에 항의하다 결국 해고당한다. 공장 사장 강영원은 복직시켜 주겠다고 했지만, 속셈은 이영녀와 육체적 관계를 갖는 데 있었다. 이영녀는 결국 사장 집에서 쫓겨나 빈민굴의 노동자와 재혼한다. 그런데 이번엔 새 남편의 강한 욕정 때문에 병 들고 만다. 이영녀가 병이 들자 새 남편은 욕정을 채우기 위해 그녀의 딸인 명순이까지 넘본다. 결국 이영녀는 환경에 따라 타락해가는 자신의 팔자를 어쩌지 못해 죽음을 선택한다는 줄거리다. 또한 이 작품은 작가가 자기 주변에서 직접 목격한 소재를 취했고, 철저한 현장취재를 했으며, 전라도 사투리를 사용함으로써 사실성이 매우 높다는 점이다. 특히 일제 식민치하에서 이영녀와 같은 하층 여성이 홀로 살아간다는 것이 얼마나 어려운 일이었는가를 잘 보여주고 있다.

이 작품의 주요 무대인 '유달산 밑 판자촌'은 지금의 양동우체국(목포시 북항로30) 일대로 추정된다. 이곳의 지명은 원래 서양의 선교사들이

김우진 거리

많이 살았던 곳이라고 해서 '양동洋洞'이었는데, 나중에 지금의 '양동陽洞'으로 바뀌었다고 한다. 실제로 이곳엔 1898년에 설립한 양동교회와 양동제일교회가 있고, 1902년 선교사가 설립한 정명여학교(현 정명여고)가 있으며, 학교 뒤쪽엔 가수 이난영의 생가가 자리하고 있다. 김우진이 유학을 마치고 돌아와 집필 생활을 하던 당시 이곳 골목 일대는 판잣집이 즐비한 사창가였다. 성취원으로부터 500미터 정도밖에 떨어지지 않은 곳이다. 1970년대까지만 해도 포주집이 많았다고 한다.

그의 집이자 집필실이며 상성합명회사가 있었던 성취원[6]은 1958년 천주교 교구에 기부되어 현재 북교동성당이 들어서 있으며, 입구 쪽에 '극작가 김우진 문학의 산실'이라고 새긴 작은 표지석이 있다. 또한 그의 시신 없는 초혼묘는 무안군 청계면 월선리 몰뫼산에 있으며, 목포문학관 '김우진관'에는 육필원고를 비롯한 유품 141점이 보관·전시되고 있다.

---

6 김우진은 성취원 내 양옥건물인 '백수재'에 머물면서 여러 작품을 집필하였다.

남도의 찬란한 순수서정 김영랑과 영랑생가

작가 소개

시인 김영랑

김영랑은 1903년 전남 강진에서 아버지 김종호金鍾湖와 어머니 김경무金敬武의 5남매 중 장남으로 태어났다. 본명은 김윤식金允植, 영랑은 아호이다. 1917년 휘문의숙(현 휘문고)에 다닐 때부터 문학에 관심을 가지기 시작하였다. 휘문의숙 3학년 때인 1919년 3·1운동이 일어나자 고향 강진에서 거사하려다 일경에 체포되어 6개월간 대구형무소에서 옥고를 치렀다. 1920년에 일본으로 건너가 아오야마학원靑山學院 중학부를 거쳐 같은 학원 영문학과에 진학하였다. 이 무렵 독립투사 박렬朴烈, 시인 박용철朴龍喆과 친교를 맺었다. 그러나 1923년 관동대지진으로 인해 학업을 중단하고 귀국하였다. 1930년 박용철·정지용·이하윤 등과 시문학파를 결성하여 동인지 『시문학』에 시 「동백잎에 빛나는 마음」 등을 발표하면서 등단했다. 광복 후 칩거 생활에서 벗어나 사회에 적극 참여하여 강진에서 우익운동을 주도하였고, 대한독립촉성회에 관여하여 강진대한청년회 단

시문학 동인 창립 기념사진(1929년). 앞줄 왼쪽부터 김영랑, 정인보, 변영로, 뒷줄 왼쪽부터 이하윤, 박용철, 정지용

장을 지냈으며, 1949년에는 서울로 이주하여 공보처 출판국장을 지내기도 하였다. 평소 음악에 대한 조예가 깊어 국악이나 서양 명곡을 즐겨 들었고, 축구·테니스·씨름 등 운동에도 능했다. 1950년 9·28수복 당시 유탄에 맞아 47세로 사망하였다.[7] 시집으로 『영랑시집』(1935)과 『영랑시선』(1949)이 있다.

작품세계와 문학적 평가

김영랑은 한국 순수서정시의 총아요, 남도 현대시문학의 진정한 출발점으로 통한다. 그는 한국전통서정시사에서 김소월과 쌍벽을 이루는 존재다. '북에는 소월, 남에는 영랑'이라는 표현까지 있을 정도다. 호남의 현대시문학은 1915년에 목포의 김우진이 처음으로 밑그림을 그리고, 1922년 영광의 조운이 뼈대를 세웠지만, 여기에 살과 혼을 불어넣고 섬

---

7 『한국민족문화대백과사전』, 한국학중앙연구원, 2017.

세하게 다듬어 현대자유시라는 세련된 건축물로 완성한 사람이 바로 김영랑이다. 그는 1930년 광주의 박용철과 강진의 김현구 등 동향의 무명 시인들을 주축으로 '시문학파'를 결성하여 순수시운동을 벌였는데, 그들의 문학적 이념과 방향을 시로써 구현하기 위해 발간한 동인지가 『시문학』이다. 시문학파의 시는 일체의 이념이나 목적성을 배제한 순수성과 언어에 대한 자각을 추구했다는 점에서 1920년대 중반 KAPF의 그것과 분명하게 선을 긋는 한국 현대시의 일대 혁명이었다. 그 중심에 김영랑이 있었다. 또한 그는 일제 강점기에 백석과 함께 지방 토착어를 가장 효과적으로 활용하여 민족 고유의 향토성을 살린 시인으로도 평가받고 있다.

그러나 그의 시는 초기에는 순수서정의 극치를 보여주었으나, 1940년을 전후해 창작한 「거문고」·「독毒을 차고」·「망각」 등에서는 형태적인 변모와 함께 인생에 대한 깊은 회의와 죽음의식 그리고 매운 저항의 결기를 보임으로써 남도의 문학정신인 '풍류'와 '저항'의 조화를 동시에 실천하였다. 1945년 광복 이후에 발표된 「바다로 가자」·「천리를 올라온다」·「새벽의 처형장」 등에서는 적극적인 사회 참여의식을 드러내기도 했다.

문학 현장 – 영랑 시문학의 산실 영랑생가
(주소 : 전남 강진군 강진읍 영랑생가길15)

김영랑은 말년에 서울로 이주하여 살았던 1년 정도를 제외하고 오로지 향리 강진의 산하에만 파묻혀 시를 썼다. 따라서 그의 시에는 남도의 자연과 풍속, 방언과 가락, 남도인의 기질과 성정 등 로컬리티가 고스란히 묻어 있다. 특히 그가 태어나고 살았던 생가는 그의 시가 태어난 생생한 현장이다. 그의 시 대부분이 이곳에서 탄생했다고 해도 과언이 아니다. 따라서 영랑생가를 찾는 일은 곧 그의 시의 창작 현장을 직접 눈으로 보고 이해하는 길로 통한다.

먼저 생가에 들어서기 전 만나는 구부러진 돌담은 시 「돌담에 속삭이

영랑생가(사진 강진군청)

는 햇발」의 현장이고, 그 돌담들이 늘어선 골목 일대는 「제야除夜」의 현장이다. 안채 옆 장독대와 부근의 감나무는 전라도 사투리를 감칠맛 나게 구사한 「오매, 단풍들겄네」, 그리고 장독대 옆 모란밭은 그의 대표작 「모란이 피기까지는」의 현장이다. 당시 이곳에는 수십 년 묵은 모란이 여러 그루 있었다고 한다. 그러나 지금 있는 것은 모두 이식했으며, 사랑채 옆 정구장터의 모란밭도 임의로 조성된 것이다.

> 모란이 피기까지는/나는 아즉 나의 봄을 기둘리고 잇슬테요/모란이 뚝뚝 떠러져 버린 날/나는 비로소 봄을 여흰 서름에 잠길테요/오월 어느 날 그 하로 무덥든 날/떠러져 누운 꽃닢마저 시드러버리고는/천지에 모란은 자최도 없어지고/뻐쳐오르든 내 보람 서운케 문허졌느니/모란이 지고 말면 그뿐 내 한 해는 다 가고 말아/삼백예순날 하냥 섭섭해 우옵내다/모란이 피기까지는/나는 아즉 기둘리고 잇슬테요, 찬란한 슬픔의 봄을.
>
> – 「모란이 피기까지」 전문

시에서도 드러난 바와 같이 영랑은 살아생전 유독 모란을 아끼고 사랑했다고 한다. 그런데 이 시가 창작된 배경을 두고 해석이 분분하다. 나라 잃은 슬픔과 광복을 기다리는 마음을 모란에 실어 표현했다는 것이 일반적인 견해이나 혹자는 무용가 최승희와의 결혼이 이루어지지 않자 자살까지 기도한 이후의 참담한 심경을 노래한 것이라는 주장이 그것이다. 전자는 공적으로 치우친 해석이요, 후자는 사적으로 치우친 해석이라 할 수 있다. 그러나 시인의 의식과 감정에는 공과 사가 복합적으로 겹쳐 있다고 볼 때, 이는 둘 다 일리는 있되 어느 쪽도 정답은 아니다. 시의 해석에는 무슨 딱 부러진 정답이 있을 수 없기 때문이다. 오히려 의식의 저변을 지배하고 있는 상실감을 표현한 것이라고 보아야 더 타당하다. 그 상실감의 면면을 굳이 말하라 한다면 근원적인 자아와 꿈의 상실, 나라와 주권의 상실, 첫 아내의 죽음을 비롯한 사랑의 실패 등 실로 복합적일 터이다.

　영랑생가의 뒤란을 채우는 것은 대나무숲과 늙은 동백나무이다. 이 중 동백나무는 영랑의 데뷔작인 「동백잎에 빛나는 마음」의 현장이다. 강진은 어디를 가나 쉽게 동백나무를 볼 수 있다. 옛날에는 집집마다 적어도 한 그루씩은 있었다고 한다. 그래서 영랑은 그의 산문 「감나무에 단풍 드는 전남의 9월」에서 "나는 내 고향이 동백이 클 수 있는 남방임을 감사하나이다."라고 쓰고 있다. 원래 생가 뒤란에는 나이 먹은 동백나무들이 수십 그루 있어 대나무와 함께 사시사철 푸르렀다고 한다. 그러나 인공 때 좌익 청년들이 대밭에 불을 질러 거의 타 죽고 서너 그루만이 겨우 남아 있다. 다른 지역의 동백나무들이 대개 4월쯤에야 꽃을 피우는데 반해 강진의 동백나무들은 해양성 기후의 영향으로 2월이면 꽃을 달기 시작하여 3월 중순이면 절정을 이룬다. 그 윤기가 자르르 흐르는 동백나무 이파리마다 아침 햇살이 와 닿으면 "빤질한 은결"이 어린아이들의 웃음처럼 깔깔거리는 것이다. 그 빤질한 은결은 영랑의 마음속으로 투사되어 "끝없는 강물"로 굽이치면서 유미주의에 눈을 뜨게 한다. 따라서 영랑의 맑고 섬세한 감성은 동백나무를 비롯한 강진의 자연풍광이 키운 것이다.

그리고 안채는 「집」, 사랑채는 「북」의 현장이다. 특히 「북」은 남도 가락의 멋과 여유를 제대로 승화시킨 절창이다. 영랑은 음악에 대단히 조예가 깊었다고 한다. 원래 그는 동경 유학 때 양악(성악)을 전공하려다 부친의 완강한 반대 때문에 영문학으로 바꾼 뒤 문학의 길로 접어들었다. 그러나 서울에서 무슨 음악회가 열린다고 하면 천 리 길도 마다 않고 전답을 팔아 올라가야 직성이 풀릴 만큼 양악에 관심이 많았다. 그런가 하면 남도 가락 특히 판소리나 육자배기는 수시로 그의 사랑채 툇마루에 명창들을 불러들여 즐길 만큼 좋아했다. 당시 그의 사랑채를 자주 드나들던 명창들이 바로 임방울·이화중선·이중선 등이다. 그는 이들에게서 소위 '촉기燭氣'(애이불비의 기름지고도 생생한 기운)의 미학을 배웠다고 한다. 또 그는 거구에 어울리지 않게 음색이 고왔을 뿐더러, 특히 북 치는 솜씨만큼은 웬만한 고수들도 혀를 내둘렀다고 한다. 이는 영랑 시의 한 특징인 음악성이 어디에서 비롯된 것인가를 단적으로 보여주는 증거라 하겠다.

이 밖에 안채 마당 앞에 있는 우물은 「마당 앞 맑은 새암을」, 사랑채 앞 커다란 그늘을 드리운 은행나무는 「아파 누워 혼자」의 현장이다. 이렇듯 영랑생가는 남도의 큰 서정시인 한 명을 기를 만한 풍물과 정취를 두루 갖추고 있었으니, 그의 표현대로 "여기는 먼 남쪽땅 너 쫓겨 숨음직한 외딴 곳"(「두견」)이었지만, 그의 시가 탄생한 산실이기도 했다.

김영랑의 묘지는 서울 망우리 역사문화공원(서울특별시 중랑구 망우로570)에 있다. 광주광역시 광주공원에 박용철과 함께 시비가 있으며, 강진의 생가와 생가 뒤편에 조성된 세계모란공원에도 시비가 세워져 있다. 그리고 영랑생가 옆에는 『시문학』 창간일에 맞춰 2012년 3월 5일 개관한 '시문학파기념관'이 있다. 이곳에는 김영랑을 비롯한 시문학파 동인 9명이 모셔져 있다.

한국 여성소설의 대모 박화성과
목포청년회관

작가 소개

소설가 박화성

박화성은 1904년 목포시 죽동 9번지(수문로20번길3-1)에서 박운단의 4남매 중 막내딸로 태어났다. 본명은 경순이고, 화성은 아호이자 필명이며, 호는 소영素影이다. 10세 때 고등과 3학년에 편입하고 월반을 거듭하여 12세 때 목포정명여학교(현 목포정명여중)를 졸업하였다. 이듬해 서울숙명여고보(현 숙명여고)를 졸업한 뒤, 1929년 일본여자대학교 영문학부를 수료했다. 1988년 서울 종로구 평창동 179 삼호빌라 1동 203호 자택에서 향년 85세로 별세했다. 그녀의 문학적 혈통을 장남 천승준(문학평론가), 차남 천승세(소설가), 삼남 천승걸(서울대 영문과 교수), 맏며느리 이계희(소설가)가 잇고 있다.

그녀가 본격적으로 문학에 관심을 두기 시작한 것은 영광중학원 교사 시절 동료 교사였던 시조 시인 조운에게서 소설을 쓸 것을 권유받으면서부터이다. 그녀는 1923년 21세 때 최초의 단편소설 「팔삭동」을 『자유예

1936~1962년까지 거처하며 작품활동을 하던 목포시 용당동 986 소재 자택 세한루

원』에 발표하고, 「추석전야」를 조운이 당시 계룡산에 내려와 요양하던 춘원 이광수에게 보인 후 1925년 『조선문단』에 추천을 받아 문단에 데뷔하였다. 등단은 1920년대에 했으나 작품 활동을 본격적으로 펼친 시기는 1930년대부터인데, 그 계기가 되었던 작품이 춘원의 재추천으로 1932년에 발표한 「하수도 공사」이다. 그리고 같은 해 여성으로서는 처음으로 장편소설 『백화』를 6개월 동안 180회에 걸쳐 〈동아일보〉에 연재하면서 장편작가로서 역량을 보였다. 1933년에는 중편 「비탈」과 「두 승객과 가방」, 「떠내려가는 유서」를, 1934년에는 「헐어진 청년회관」, 「논 갈 때」를 각각 발표했다. 계속해서 1935년 자전적 장편소설인 『북국의 여명』과 「눈 오던 그 밤」, 「홍수전야」, 「중굿날」을, 1936년에 「고향 없는 사람들」, 「춘소」, 「불가사리」를, 1937년에는 「온천장의 봄」을 집중적으로 발표함으로써 문단에서 확고한 위치를 굳혔다. 1938년 이후엔 일제의 조선어 말살정책과 일본어 사용 강요가 노골화되자 절필하고 낙향하여 후배 양성에 전념했다.

작품세계와 문학적 평가

장편소설 『백화』

박화성은 한국 여성소설의 대모로 불린다. 살아생전 20여 편의 장편소설과 100여 편의 단편소설, 그리고 500여 편의 수필과 시를 남긴 그녀는 1920년대를 풍미했던 '동반자 작가'[8]로서의 작품 경향과 리얼리즘에 입각하여 현실 문제를 깊이 있게 파헤친 작가로 평가받고 있다. 특히 그녀는 초기에 목포를 배경으로 가난한 노동자와 농민들의 고된 삶을 다룬 사회성 강한 소설을 썼는데, 동반자 작가의 경향이 강한 「추석전야」, 「하수도 공사」, 「홍수 전후」, 「헐어진 청년회관」이 대표적인 작품으로 손꼽힌다.

1930년대까지 발표한 박화성의 소설들은 대부분 일제 강점기 조선의 농민이나 노동자의 궁핍한 삶과 지배계급의 기생적인 생산양식의 모순을 파헤치는 세계를 보여준다. 그녀가 이러한 작품을 쓰게 된 데에는 사회주의운동을 벌였던 오빠 박제민과 남편 김국진의 영향을 받은 듯하다. 게다가 「추석전야」, 「하수도 공사」, 「헐어진 청년회관」, 「신혼여행」, 「춘소」 등은 목포를 소재로 한 소설들이며, 「한귀」, 「고향 없는 사람들」, 「홍수 전후」 등은 영산강 주변 농촌을 배경으로 한 소설들이다. 그녀가 가장 목포 출신다운 문인으로 꼽히는 핵심적인 이유가 여기에 있다.

또한 그녀는 이 땅에서 '최초'라는 수식어가 많이 붙어 있는 작가로 유명하다. 1925년 목포에 최초로 건립된 방직공장의 여공들을 주인공으로

---

8 "1930년대 전후에 프롤레타리아문학에 동조한 작가들의 총칭. 한국문학사에서 연구자들은 동반자 작가의 개념을 '비가맹원(非加盟員)이면서 카프의 정책에 동조하는 작가'라고 정의하기도 하였고, 카프에 가맹은 아니 하였어도 그 방향만은 같이하며, 또 자연생성적인 작품을 써서 카프의 뒤를 따르려고 하는 작가들을 총칭"(『한국민족문화대백과사전』 개정증보판 참조)

박화성 생가터(하단에 표지석이 있다)

한 단편 「추석전야」로 문단에 데뷔함으로써 '최초의 여성소설가'가 되었고, 1932년엔 『백화』를 〈동아일보〉에 연재하면서 '최초의 장편여성작가'가 되었다. 그뿐만 아니라 가장 어린 15세의 나이에 초등학교 선생으로 교단에 섰으며, 일본여자대학교 영문학부에 입학한 최초의 한국여성이었다.

지금도 소극장으로 쓰이고 있는 목포 청년회관

문학 현장 – 소설 「헐어진 청년회관」의 무대인 목포 청년회관

(주소 : 목포시 차범석길35번길6-1)

박화성의 대표작 중 하나인 「헐어진 청년회관」은 일제 강점기 청년운
동과 민족운동의 보금자리였던 목포 청년회관을 배경으로 한 단편소설로
서 역사의식이 강하게 투영되어 있다. 원래 이 작품은 『조선청년』 창간호
에 실으려 하였으나 총독부의 검열로 전문 삭제당하자 팔봉 김기진이 은
밀히 복사해 두었다가 광복이 되자 목포의 『예술문화』에 발표함으로써 빛
을 보게 되었다.[9] '청년회관'이란 바로 1920년대 목포의 민족운동과 청년
운동의 보금자리였던 지금의 목포 청년회관(남교소극장)이다.

---

9 「근대 목포의 문학-한국여류문학의 상징인 소영 박화성」, 『목포개항백년사』, 목포백년회,
1997, 참조.

목포문학관 입구 박화성 흉상

　박화성이 태어난 생가터 주소는 목포시 수문로19-1이다. 지금은 소고기 등 육류를 파는 '나무포' 식당이 들어섰고, 도롯가에 자그마한 표지석이 서 있다. 바로 옆에는 국제서점이 자리하고 있다. 그녀가 장편『백화』를 비롯한 작품들을 집필하고 당시(1938년~1962년) 목포 문인들의 사랑방 역할을 했던 '세한루'는 헐어져 자취를 감춘 지 오래이다. 그런데 근자에 목포시가 부근에 세한루라는 정자 등을 복원하여 박화성문학공원(목포시 소영길49번길 11)을 조성했다. 그리고 그녀의 모교였던 목포정명여중 교정에 문학비가, 목포문학관 입구에 흉상이 세워져 있다. 또한 목포문학관 '박화성관'에는 육필원고를 비롯한 많은 유품들이 보관·전시되고 있다.

한국 사실주의 연극의 완성자
차범석과 월출산

작가 소개

극작가 차범석

한국 사실주의 연극의 대부이자 완성자 인 차범석은 1924년 전남 목포에서 부친 차 남진의 3남 3녀 중 차남으로 태어났다.[10] 1945년 광주사범학교를 졸업하고, 1966 년 연세대학교 영문학과를 졸업하였다. 그 는 연세대 재학 당시에 사실주의극의 선구 자인 유치진(1905~1974)의 강의를 들으며 연극에 대하여 배웠고, 직접 '연희극예술연 구회'를 조직해서 활동하기도 하였다. 1955 년 〈조선일보〉 신춘문예에 희곡 『밀주』가 가 작으로 입선, 1956년에는 같은 신문사에서 『귀향』이 당선되면서 극작가 의 길로 들어섰다. '한국 희곡의 최고봉'이라 일컬어지는 『산불』이 성공한 뒤, 차범석은 한국연극의 대중화와 전문화를 위해 1963년 극단 '산하山河' 를 창단하였다.

---

10 본관은 연안(延安)이고 아명은 평균(平均)인데 중학교 진학을 앞두고 범석으로 개명했다.

그는 전통적인 리얼리즘 정신에 입각하여 인물의 개성과 내면 심리를 효과적으로 표현한 첫 희곡집 『껍질이 깨지는 아픔이 없이는』(1961)[11]을 비롯하여 『산불』(1962), 『대리인』(1969), 『환상여행』(1982), 『학이여 사랑일레라』(1982), 『식민지의 아침』(1991), 『통곡의 땅』(2000), 『옥단어』(2003) 등 64편의 희곡을 발표했다. 또한 대한민국의 근대연극사를 정리한 『한국 소극장 연극사』와 평론집 『동시대의 연희 인식』(1988) 등과 산문집 등을 펴냈다. 또한 차범석은 청주대학교와 서울예술대학교에서 후학을 양성하였고, 한국연극협회 이사장, 한국극작가협회 회장, 한국문화예술진흥원장 등을 역임했다. 1981년 대한민국연극제희곡상, 1982년 대한민국예술원상, 1984년 동랑연극상, 1991년 대한민국문학상, 1993년 이해랑연극상, 1997년 서울시문화상 등을 수상하였으며, 2006년 지병으로 타계하였다.

작품세계와 문학적 평가

20대의 젊은 나이에 전쟁을 체험한 차범석은 사회 고발 성향이 강한 작품을 창작했다. 임희재·오상원·이용찬 등과 함께 전후작가로 분류될 만한 작가이지만 그는 전쟁이란 모티프를 고집하지 않았으며, 새로운 소재를 찾아서 끊임없이 저변의 폭을 넓혀 갔다. 초기 작품은 섬과 고향 사람들의 삶에 관심을 두는 로컬리즘적인 성향[12]을 나타냈으나, 차츰 소재를 바꿔가며 산업화로 인한 인간소외와 이념의 허위성, 정치권력에 대한 비리 등을 다루었다. 특히 『산불』은 탄탄하고 극적인 구조, 개성적 인물 창

---

11 『껍질이 깨지는 아픔이 없이는』에서 전통 윤리와 새로운 사상 사이에서 갈등하는 인물을 통해 전쟁으로 인한 참상과 함께 자유당의 정치풍토에 대한 신랄한 비판과 풍자를 보여주었다.

12 〈조선일보〉에 가작으로 입선한 『밀주』의 배경은 흑산도이고, 『귀향』은 해남의 바닷가 마을이 배경이다. 목포 앞바다를 바라보며 유년 시절을 보낸 차범석은 초기 작품에서 어민들의 찌든 삶과 가난한 농민들을 묘사했다. 이렇게 로컬리즘에 바탕을 두고 창작된 그의 희곡들은 사실주의극의 전형이 되었다.

조로 한국 사실주의 연극의 대표적인 성취이자, 희곡작법의 모범이 되었다. 이렇듯 한국 사실주의 연극은 이데올로기와 분단 문제를 객관적인 시각으로 조명한『산불』을 통해 비로소 뿌리를 내렸다고 할 수 있다. 대한민국 연극의 근대화를 위해 힘썼던 수많은 연극인들의 염원이 차범석에 이르러 마침내 결실을 보게 된 것이다. 1961년 명동국립극장에서 초연된 이후『산불』은 평단과 대중들에게 큰 인기를 끌었다. 서구 문예 사조의 유행에도 아랑곳하지 않고 이 연극은 인기리에 상연되었으며 오페라, 창극, 드라마 등 다양한 장르로 각색되어 무대에 올랐다.

『산불』과『갈매기떼』의 연이은 성공으로 자신감을 얻은 차범석은 극단 '산하'를 창설하였다.[13] '산하'의 첫 작품『잉여인간』(1963년)은 해방과 한국전쟁으로 인한 정신적·물질적 상처를 형상화해서 호평을 받았다. 그 이후에 산하는 소극장 운동을 주도하며 한국 연극계의 맥을 형성하는 중심축이 되었다. 하지만 1970년대 중반 이후 연극계가 상업주의로 빠지게 되면서, 연극 공연은 관객들의 외면을 받게 된다. 새로운 시대의 변화에 적응하지 못한 산하는『옛날 옛적에 훠어이 훠어이』(1983년)를 마지막으로 무대에 올리고 해산되었다. 이 당시에 MBC방송국은 옴니버스 형식의 농촌 드라마를 기획 중이었고, 초대작가로 차범석을 영입했다. 그는 일일 연속극《물레방아》의 대본과 TV 드라마 사상 최장수 프로그램인《전원일기田園日記》48회 분량을 집필하며, 고향을 떠나 도시로 이주한 사람들에게 농촌의 실상을 보여주었다. 고향에 대한 향수와 관심을 이끌어내며 도시 생활에 지친 국민들에게 정신적 위안을 자아냈던《전원일기田園日記》는 국내 드라마 사상 가장 오랫동안 방영되며 많은 사랑을 받았다.

---

13 1963년 '산하'를 창설한 차범석은 1983년까지 산하의 대표로 활동하면서 한국 연극계에 현대극을 정착시키는 데 기여했다. 소극장 운동을 주도하며 당시 유행하던 서구의 번역극을 지양하고, 우리의 사회현실에 적합한 창작극을 무대에 꾸준히 올리면서, 한국 연극의 정체성 확립과 대중화에 힘썼다. 한국 사실주의 연극이 유치진에 의해 시작되었다면, 그 완성은 차범석에 의해서 이루어졌다 할 수 있다.

희곡 『산불』의 무대인 월출산

문학 현장 – 『산불』과 월출산

(주소 : 전남 영암군 영암읍 개신율산길13)

대표작 『산불』은 "소백산맥의 산줄기와 험준한 천왕봉이 바라보"이는 곳을 배경으로 하고 있다. 차범석은 『거부하는 몸짓으로 사랑했노라』(1984)에서 『산불』의 작품 배경이 "영암 월출산" 근처라며 구체적인 장소를 명시했다. 작가인 차범석이 "고향인 목포에서 잠시 교편생활을 하며, 고향 사람들로부터 보고 듣고 했던 얘기를 영암 월출산"으로 옮겨와서 작가적인 상상력을 입혔다고 직접 밝힌 것이다. 그러면서도 그는 민족의 비극인 6·25가 할퀴고 간 곳이면, 그곳이 어느 산이든 중요하지 않다고 말

차범석 생가 입구

했다.

　평소 무대장치에 많은 공을 들였던 차범석은 『산불』에서도 의미 있는 장치들을 무대에 배치했다. 허물어져 가는 움막, 누추한 집, 비어 있는 항아리는 모두 이념의 허위와 전쟁이 몰고 온 폐허 상황을 상징하는 미장센이다. 험준한 산에 숨어 있는 빨치산들은 과부촌 주민들의 식량을 빼앗아 가고 다시 "두더쥐처럼 산속으로만 파고"든다. 마을 여자들을 공포로 몰아넣는 빨치산들과는 달리 규복은 완전한 남성성을 지닌 인물로 그려지고 있다. 빨치산의 소굴에서 도망친 규복은 점례의 집으로 숨어든다. 마지못해 규복을 대밭에 숨겨주고 몰래 음식을 챙겨주는 점례. 두 사람 사이에는 어느덧 사랑이란 감정이 싹튼다. 우연히 두 사람의 밀회 장면을 엿보게 된 이웃집 과부 사월은 규복을 통해 욕정을 채우고 임신까지 하게 된다. 무장 공비들로부터 마을 사람들을 보호한다는 명분 아래 국군은 마을의 상징이나 다름없는 대밭에 불을 지른다. 오로지 생존을 위해 점례와 사월이 사이를 오가던 규복은 결국 국군의 총에 맞아 죽고 만다. 인간의 애욕과 이념의 광기, 전쟁의 폭력성을 보여준 『산불』은 단지 한 마을에 국한된 것이 아닌, 민족 전체의 비극을 상징적으로 그려낸 것이다.

이렇듯 그의 작품은 특정한 공간에 국한되지 않고, 우리 민족의 이야기로 확장되면서 보편성을 확보하였다. 차범석에게 문학적 요람이었던 항구도시 목포는 다른 지역보다도 일제 강점기의 수탈로 인한 고통과 전쟁의 참상을 더 극심하게 겪을 수밖에 없었던 곳이다. 비옥한 호남평야와 삼면이 바다로 둘러싸인 지정학적 요충지였기 때문이다. 목포 사람들은 이런 지리적 요인으로 인한 수탈의 아픔을 극복하고 그 상처를 예술문화로 꽃피웠다. 그래서인지 목포에는 차범석 외에도 한국문학사를 빛낸 걸출한 작가들이 유독 많다. 예향藝鄉 목포를 형성하게 된 원동력은 질곡의 시대, 갯바람을 견뎌내며 화수분처럼 솟아난 예술가들이었다. 차범석 역시 목포 앞바다에 점점이 흩어져 있는 섬과 섬들을 끼고 돌며 유영하는 어선들과 다도해를 바라보면서, 마음속 응어리를 작품을 통해 풀어냈을 것이다.

그가 태어난 북교동 184번지 생가터에는 현재 '차범석 작은 도서관'이 들어서 있다.[14] 이 도서관에는 유족이 기증한 희곡을 망라한 전집과 소장도서 30권 외 목포 태생 작가들의 서적들이 함께 비치되어 있다. 그리고 전국 유일의 4인 복합문학관인 목포문학관은 차범석의 육필원고를 비롯하여 연극과 드라마 대본, 생활 유품 1,010점을 전시하여 한국 사실주의 극의 완성자에 대한 숭모의 염을 이어가고 있다.

---

14 차범석이 태어나고 자란 북교동 생가는 현재 선박 사업가 서홍환의 소유로 되어 있다. 집주인이 자신의 주택에 딸린 주차장을 사용할 수 있도록 후원하여 차범석연극재단 이사장이자 차범석의 장녀인 차혜영이 '작은 도서관'을 건립했다.

한국 최고의 지적 작가 이청준과 선학동

작가 소개

이청준은 1939년 장흥군 회진면 진목리에서 태어났다. 가난한 집안의 5남 3녀 중 넷째이다. 6살 때부터 막냇동생과 큰형이 연이어 죽고, 뒤따라 아버지까지 돌아가셨다. 아버지를 잃은 후 6개월 만에 큰누나까지 시집을 가게 되자, 커다란 상실감을 겪게 되는데, 이때의 죽음 체험이 훗날 작품 세계에 큰 영향을 미쳤다. 1957년 광주서중을 거쳐 1960년 광주제일고등학교를 졸업하였다. 특히 광주서중은 꼴찌로 입학해 일등으로 졸업하여, 이후 마을 사람들에게는 '공부하려면 이청준만큼은 해라.'라는 말이 떠돌 정도였다. 광주일고 재학 시절에는 학생회장을 하였다.

고등학교 3학년 시절인 1960년 전후 가세가 기울어 남에게 집이 넘어가고, 가족마저 흩어지는 바람에 20년 가까이 고향 마을을 찾지 못했다. 1979년 동네 아래 해변인 갯나들에 새 가옥을 마련한 후에야 그동안 인근 양하리 등으로 옮겨 다니던 어머니와 가족들이 돌아오게 되었다. 고등학교 시절 독일문학에 심취하여 독일문학 작품을 한국어로 번역하는 일을 하고 싶어서 서울대 독문과에 진학했으나 4·19와 5·16을 경험하고, 학업을 마치지 못한 상태에서 폐병을 앓게 되었다. 그때의 체험을 바탕으로 쓴 소설 「퇴원」이 1965년 『사상계』 신인상에 당선되어 소설가로 등단하였다.

이후 「병신과 머저리」, 「매잡이」 등이 호평을 받으면서 한국 대표 소설가로 자리 잡았다. 그의 작품 다수가 영화로 제작되었는데, 〈서편제〉, 〈천년학〉, 〈축제〉, 〈낮은 데로 임하소서〉, 〈밀양〉 등이 그것이다. 한국 최고의 소설가로 평가받았던 그는 2008년 7월 31일 지병인 폐암으로 별세하였다. 2017년 문학과지성사에서 총 34권으로 그의 전집이 완간되었다.

소설가 이청준

작품세계와 문학적 평가

우리 소설사에서 '가장 지성적인 작가'로 평가받고 있는 이청준 소설의 특징은 부조리한 현실 극복의지라고 할 수 있다. 이청준의 소설에서는 정치·사회적인 메커니즘과 그 횡포에 대한 인간 정신의 대결 관계로 형상화된다.

그의 초기작이라고 할 수 있는 단편 「병신과 머저리」, 「소문의 벽」 등에서는 인간을 억압하는 권력과 그것에 맞서는 개인의 문제가 대두된다. 작가 스스로가 「소문의 벽」 후기에서, "나는 나의 문학이 그러한 자기 구제의 몸짓에서 시작되었고, 또 계속해서 그것에 많은 노력이 바쳐지고 있다는 사실을 부끄럽게 생각하지 않는다."라고 하였듯이 광포한 외부의 억압에 대한 한 개인의 구체적 몸부림이 그의 모든 소설을 관통한다.

약간의 차이가 있다면 초기작이 관념적이면서 상징적인 세계를 보여준 데 비해, 1980년대로 접어들면서 소설의 배경에 그의 고향인 장흥이

이청준 문학상 수상 작품집

주로 등장하고, 궁극적 삶의 본질에 대한 질문이 주를 이루었다는 점이다. 한국 소설사에서 이청준만큼 다양한 소설적 가능성을 탐구한 작가는 없다. 따라서 그의 소설은 특정한 범주에 가두기가 어렵다. 거칠게 얘기하면, 이청준의 작품은 불완전하고 부조리한 현실을 극복하는 이상을 꿈꾼다. 언어의 진실과 말의 자유에 대한 그의 집착은 이른바 언어사회학적 관심을 보였는데, 「전짓불 앞에서의 독백」 등에서 보이는 말의 자유를 억압하는 현실 상황에서 시작되어, 언어사회학적 관심으로 심화되며, 이러한 것들이 『남도 사람』 연작에서는 '소리'의 세계를 불가능하게 한 현실 구조를 넘어서 이상적 소리를 실현하는 형태로 구현된다.

그의 대표작인 장편 『당신들의 천국』에서 추구했던 유토피아의 가능성은 현실적 구조와 외부의 억압 속에서 좌절되지만, 자유와 사랑의 변증법을 통해 어떤 형태로든 그것을 극복하고 변화된 형태의 낙원을 건설하려 한다. 대개의 경우 이러한 극복은 외부에서 내면으로, 억압 조건의 제거보다는 소설 속 인물의 내적 성숙에 의하지만, 그렇다고 타협에 의한 것은 아니다. 낙원에 대한 꿈이나 이상을 지닌 개인의 현실 대응 방식은 집요하지만, 그 개인이 의도했던 것을 획득하지는 못한다.

이청준의 작품 세계는 소재 측면에서나 소설 기법에서나 현대문학의 모범이다. 그에게는 정치적 질곡 속에 내동댕이쳐진 개인의 삶은 물론이고, 거부할 수 없는 외부의 힘에 의해 좌절된 자가 지닌 한의 세계, 내적 외적 갈등을 극복하면서 자신의 세계를 포기하지 않는 예술가들의 삶을 비롯하여 종교적 신화적 세계에 대한 모색까지 문학적 도전의 대상이 되었다. 그의 소설은 언제나 '이것도 소설이 되는가?'라는 질문 앞에 놓여

「선학동 나그네」의 배경 학산

있다. 결국 그의 소설은 소설에 대한 질문, 삶에 대한 질문, 삶 너머에 대한 질문이다.

문학 현장 – 「남도 사람」 연작과 선학동

(주소 : 전남 장흥군 회진면 가학회진로)

이청준의 많은 소설은 고향인 장흥을 배경으로 하고 있다. 그중 『남도 사람』 연작은 그의 소설의 골갱이를 이루고 있으면서 여러 편의 영화로 제작되기도 한 그의 대표작 중 하나이다. 『남도 사람』의 공간적 배경은 보성에서 장흥을 거쳐 해남에 이른다. 그중 「서편제」의 배경이 보성군 회천면이라면, 「소리의 빛」은 장흥읍 영전리 사인정 근처로 짐작할 수 있고, 「선학동 나그네」는 회진면 선학동이 배경지이다. 그리고 「새와 나무」는 해남군 옥천면을, 「다시 태어나는 말」은 해남군 대흥사 일대를 무대로 한다.

작품 속 주인공들은 이상적 공간을 벗어나려 함과 동시에 돌아가고 싶어 한다. 즉 주인공의 내면엔 탈향 욕망과 회귀 욕망이라는 상반되는 욕

이청준 생가

망이 상존한다. 낙원은 파괴되어야 하고, 파괴될 수밖에 없고, 다시 복원
해야 한다. 작품의 중심부를 관통하는 사유는 원죄의식과 구원이다. 원죄
의식은 가난과 죽음으로 대변되고, 그것은 주체가 어찌할 수 없는 한계상
황과 직결되어 있다.

> 그렇담 노형은 그 오누이가 서로 아비의 피를 나누지 않은 남남 한가
> 지란 것도 알고 있었겠구만요. 그리고 그 어린 오라비가 부녀를 버리고
> 떠난 것은 차마 그 원망스런 의붓아비를 죽여 없앨 수 없어서였다는 것
> 도 말이오.
>
> ─「선학동 나그네─남도 사람·3」 부분.

『남도 사람』 연작에서는 한계상황을 견디지 못하고 떠나는 자가 주인

이청준 문학자리

공으로 설정된다. 남아 있는 자는 자신의 한계상황을 극복하는 방향을 선택할 수 없어서, 그것을 자기 안으로 끌어들인다. 결국 그것은 서로의 애환이 되고 한이 되어 맺힌다. 이러한 한 맺힘은 정도가 더해가고, 그에게는 가혹할 만큼의, 정도가 심한 상황이 더해진다. 그리고 그 한계상황이 더는 그의 삶을 유지할 수 없는 지경에 이르러 소리가 되어 터진다. 하지만 떠난 자가 자유로운 것은 아니다. 떠난 자는 끊임없이 떠돌며, 무언가를 이루려 한다. 그들은 하나같이 실패하며, 자신이 떠났던 그곳으로 돌아온다. 회귀한 곳은 낙원이 아니다. 견딜 수 없어 떠났던 곳이 구원의 장소가 되는 아이러니가 성립된다.

한국문학의 태백산맥 조정래와 벌교

작가 소개

조정래(태백산맥문학관 제공)

조정래는 1943년 순천 선암사에서 부주지였던 아버지 조종현과 어머니 박성순의 둘째 아들로 태어났다. 이후 순천으로 이주하였을 때 여순사건을 겪고, 이후 논산 등을 거쳐 벌교로 이주했다. 이후 광주서중과 보성고등학교를 다녔는데, 고 3때 이과에서 문과로 옮기고 글을 쓰겠다고 마음을 먹지만, 아버지는 그에게 출가를 권했다. 조계사 승적 168호 법명은 인천隣天. 법적으로 승적에 기록되었지만, 아버지를 설득하여 출가는 하지 않았다.

1962년 동국대 국문과에 입학하여, 교내 학술상 창작 부문상을 받기도 하고, 문학의 밤 행사 때 1학년생을 대표해 시낭송을 하기도 했는데, 이때 평생 반려자인 김초혜 시인을 만났다. 결혼할 당시 그는 육군 일병이었다. 1970년 오영수의 추천으로 『현대문학』을 통해 등단한 이후에도 구멍가게 주인, 학교 선생, 잡지사 편집직원, 출판사 운영 등 갖은 일을

『태백산맥』

하며 생계를 꾸렸다.

1980년대에 이르러 소설가로서의 입지를 굳히는데, 『유형의 땅』으로 현대문학상(1981), 『인간의 문』으로 대한민국문학상(1982), 『메아리 메아리』로 소설문학작품상(1984), 『태백산맥』으로 단재문학상(1991), 노신문학상(1998)을 수상했다.

한편 1994년 대하장편소설 『태백산맥』을 발간한 후, 반공단체 등으로부터 '국가보안법 위반 혐의자'로 고발당하고, 만 11년 동안 고생하다가 '무혐의 처분'을 받았다.

작품세계와 문학적 평가

조정래의 아버지 조종현은 시조 시인인데, 일본 유학을 다녀와 만해 한용운이 총재로 있던 스님들의 비밀결사단체 '만당'에 가입해 항일운동을 하였다. 조종현은 절 재산을 가난한 사람들에게 나눠주자고 한 뒤 절에서 쫓겨나고 순천으로 이주하지만 여전히 소작인들의 가난과 고통을 헤아렸다. 그런 아버지의 행동은 1948년 10월에 일어난 여순사건 뒤 우익 일색의 경직된 분위기 속에서 그의 가족이 모략에 휘말리고 온갖 고초를 겪는 빌미가 된다. 조정래의 아버지는 우익 단체인 서북청년단 단원들에게 몰매를 맞아 피를 흘리며 끌려갔고 다음 날엔 어머니와 형제 넷까지 재판소 앞마당에 끌려 나가는 수모를 겪는다. 이 일은 작가에게는 불행한 것이었지만, 훗날『태백산맥』을 집필할 때는 이때의 경험이 소설의 자양분이 되었다.

> 나보다 세 살 위인 형은 이런 것을 어떻게든 참아내려 했다. 그러나
> 나는 그렇지를 못했다. (중략) 물론 나는 늘 이길 수는 없었다. 그러나
> 나는 얼굴을 할퀴어 피가 흐르거나 코피가 터져 진 일은 있어도 울어서
> 진 일은 없었다.
>
> ― 「암울한 계절의 파편들」 중에서

싸움에서 질 수는 있지만, 울지 않았다는 위의 진술에서 작가의 기질이 보인다. 아마 이러한 기질이 발전하여 훗날 군부독재 치하에서도 굽히지 않는 작가정신을 유지하게 하였을 것이다.

『태백산맥』 이전에도 조정래는 대단한 작가로 평가받았지만, 『태백산맥』이 완간된 뒤에 조정래라는 이름 앞에는 '대작가', '최고의 작가'라는 수식어가 붙었다. 그리고 잇따라 대하장편소설 『아리랑』, 『한강』 등이 나오자, 조정래를 가리켜 '한국문학의 거대한 산맥'이라고 했다. 그러나 이제는 조정래라는 이름 앞에 붙일 만한 수식어를 찾기가 쉽지 않다. 어떤 찬사를 붙여도 어색하지 않을 것이고, 그의 작품 활동을 여전히 현재진행형이다.

글이 막힐수록 원고지에 더욱 다가서는 작가, 스스로에게 지지 않기 위해 언제나 자기 자신을 채찍질하는 작가, 조정래 덕분에 분단 상황의 문학적 복원이라는 우리 현대문학의 숙제 하나가 올곧이 해결됐다.

태백산맥문학관

문학 현장 – 『태백산맥』과 벌교 태백산맥문학관
(주소 : 전남 보성군 벌교읍 홍암로89-19)

벌교는 소읍이다. 인구 1만 명이 채 되지 않는다. 그럼에도 불구하고 벌교는 활기가 넘친다. 벌교의 길마다 태백산맥이고, 식당들도 태백산맥이다. 벌교의 고유명사가 혼자 놀지 않는다. 벌교와 태백산맥은 한 몸이 되어버렸다. 조정래 소설로 인해 태백산맥과 연결되지 않는 이 지역이 오히려 태백산맥이 되어버렸다.

벌교에는 태백산맥문학관이 있고, 『태백산맥』의 공간적 배경인 현부자 집과 소화네 집도 복원되었다. 보성여관도 말끔히 수리하였고, 아예 태백산맥 문학 거리도 생겼다. 염상구와 일본인 순사가 담력 싸움을 하였던 철교도 남아 있고, 소작인들의 애환이 섞인 중도 방죽 둑길도 있다. 소설 속 김범우의 집으로 묘사된 기와집도 있고, 외서댁이 생각나는 벌교 꼬막

작중 인물 소화의 집

은 더 유명해졌다. 바라보면 필봉 같은 첨산은 더 우뚝하고, 소화다리 아래로 벌교천도 쉬지 않고 흐른다. 벌교는 태백산맥이다. 한 편의 소설이 한 지역을 바꾸어 놓았다. 그럴만하다. 김윤식은 소설『태백산맥』에 대해 "우리 문학이 여기까지 이르기 위해서는 해방 40년의 기간이 필요하였다."고 썼다. 김윤식만이 아니다. 많은 이들이『태백산맥』을 분석하였고, 판매 부수만도 천만 부가 넘었다.『태백산맥』은 이전의 한국문학사가 지닌 기록을 갱신한 소설이다. 읽는 방법도 다양하다. 그중 한 가지가 입에 쫙쫙 달라붙는 듯한 전라도 방언을 따라가며 읽는 것이다.

"옛적부텀 산몬뎅이에 성쌓는 것을 질로 심든 부역으로 쳤는디, 고것
이 지 아무리 심든다 혀도 워찌 뻘밭에다 방죽 쌓는 일에 비하겄소. 근
디 기맥히게도, 방죽을 다 쌓고 본께 배불리는 놈덜언 일본놈덜이었다

그것이요. 방죽을 쌓다가 죽기도 여럿 허고, 다쳐서 빙신 된 사람도 많고…."

"나가 하는 말얼 벌로 듣지 말고 중놈 염불 외디끼, 동냥아치덜 장타령 읊디끼, 자다가 깨와서 물어도 또로록 대답이 나올 수 있게끄름 달달 외와뿌시오, 잉."

"허, 니눔 속타라고 역부러 비비트는 것인디 나가 미쳤다고 싸게싸게 주딩이 놀리겄냐."

"고것들이 하나씩 죽어자빠지는디, 씨엉쿠 잘됐다, 씨엉쿠 잘됐다. 씨엉쿠 잘되 다, 허는 소리가 속에서 절로 솟기드만요."

"강동기가 한 분도 아니고 두 분썩이나 그리 독허니 대드는 판인디 나넌 머 허고 자빠졌는 삼시랑이다냐 생각헌께 나가 똥친 작대기맹키로 빙신 팔푼이로 뵙디다."

"에레기 순 개자석덜아, 고런 드런 눔에 법 맹그니라고 그리 삐대고 개지랄쳤냐! 지미 붙어묵을 눔덜."

"싹 다 호로개아덜눔덜이다. 요것이 농지개혁은 무신 빌어묵을 농지개혁이냔 말여. 씨부랄눔덜이 사람을 워치게 보고 허는 잡지랄덜이여, 시방."

"워치게 보기는 멀 워치게 바. 소작이나 부쳐묵고 사는 것덜이야 보나마나 썩은 홍어좆이고 똥통에 구데기제. 눈꼽쨍이만치라도 사람으로 여겼음사 요런 가당찮은 짓거리 혔겄어?"

"대갱이를 팍 조사뿌렀으면 속이 씨언허겄네."

— 『태백산맥』 부분

욕마저도 생명력 넘치는 벌교 뻘밭 같다. 이것이 태백산맥이고, 이것이 벌교다. 꼬막 껍질 하나까지 소설이다.

남도 바다와 뻘의 작가 한승원과 덕도

작가 소개

한승원은 1939년 장흥군 회진면 신상리에서 가난한 집안의 8남매 중 둘째 아들(아버지 한용진, 어머니 박귀심)로 태어났다. 장흥중·고등학교를 다니는 과정에서 1955년 학교 선배였던 송기숙과 함께 교내 잡지『억불』창간에 참여하였다. 1961년 서라벌예술대학 문예창작과에 입학했다. 대학에서 김동리 교수에게서 소설을 배웠고, 서정주 선생에게서 시를 배웠다. 1962년 귀향한 후 이듬해인 1963년 1월에 입대했다. 말년휴가를 나왔을 때 부인이 될 임감오를 무등산에서 만났고, 1965년 결혼했다. 1966년 「가증스런 바다」로 〈신아일보〉 신춘문예에 입선, 1968년에 소설 「목선」이 〈대한일보〉에 당선되었다. 1972년 광주의 문순태, 김신운 등과 『소설문학』을 조직했다. 1972년 『한승원 창작집』 발간, 1978년 어문각에서 발행한 한국문제작가선집에 『한승원 선집』이 선정되었다. 1979년 전업으로 소설을 쓰기 시작하였고, 본격적인 문단 활동을 위해 1980년 1월 서울로 거처를 옮겼다. 그러나 1980년 5월 광주항쟁이 일어나자, 한때 그 충격으로 소설을 쓰지 못했다. 휴지기를 지나 더 작품에 매진하여 1980년 『구름의 벽』으로 한국소설문학상을 수상한 뒤 한국문학작가상, 대한민국문학상 등을 수상했다. 특히 1984년 출간된 『아제아제바라아

소설가 한승원

제』는 베스트셀러가 되었고, 1989년 임권택 감독에 의해 영화화되었다. 1997년 고향인 장흥으로 내려와 새 터전(해산토굴-안양면 율산 마을)을 잡고 작품 활동에 매진하여, 현재까지 매년 1권 이상의 작품집을 발간하는 저력을 발휘하고 있으며, 특히 『원효』, 『초의』 등의 역사소설로 그의 문학세계를 확장하고 있다.

작품세계와 문학적 평가

한승원은 다작의 작가, 소설 쓰기를 그치지 않는 작가로 알려져 있다. 이러한 작업에 대한 열정으로 인해 그는 '한국 작가들의 스승이자, 한국 문단의 거목'으로 평가받고 있다.

한승원의 작품세계는 바다를 배경으로 한다. 그러나 이 바다는 풍경으로서의 바다가 아니라 생존의 현장이자 원초적 욕망이 들끓는 바다이다. 생존의 터전인 바다에서 갯가의 생명체들처럼 꿈틀거리는 인간의 삶이

『아제아제바라아제』

한승원의 작품에서만큼 비루하고 적나라하게 드러난 경우는 드물다. 온갖 속된 것들이 거의 날것으로 파닥거리는가 하면, 그것에서 벗어나 노을처럼 아름다운 세계로 승화되기도 한다. 한승원의 작품에서 더럽고 추한 인간의 욕망은 역설적이게도 신성한 비속의 세계로 몸을 바꾼다. 한과 흥의 역설적 결합이다.

그의 소설을 규정하는 단어들인 '토속성' '관능적' '한' '다산성' '신화성' 등에서 볼 수 있듯이 그의 작품 속 바다는 삶의 터전이자 모든 생명의 근원이다. 따라서 한승원의 바다는 어머니의 자궁, 곡신, 관능적 욕망의 장소이자 세속적 욕망이 들끓고 부딪히는 장소임과 동시에 그러한 삶의 진창에서 벗어난 성스러운 공간이다. 한승원은 생명력이 넘치는 이 바다를 통해 자궁의 힘, 자궁 권력으로 보고 있다.

그의 초기작이 바닷가 사람들의 소망과 좌절, 그로 인해 발생하는 한과 욕망 등에 대한 것들인데, 그러한 세계는 '뻘'의 속성과 같다. 그러나 그가 말년에 이르러 집필실 앞에 보이는 바다를 '연꽃 바다'라고 명명한 데서 볼 수 있듯이, 후기작에서의 바다는 바라보는 대상으로서의 바다, 노을이 아름다운 바다, 섬이 연꽃잎처럼 둘러쳐진 연꽃 향이 가득한 바다로 변주된다.

그가 평생 일구어온 바다는 삶의 현장이라는 점에서는 변함이 없다. 그러나 똑같은 삶의 현장이라고 하더라도 땀방울이 끈적끈적하게 묻어날 것 같은 현장과 그 현장을 멀찍하니 서서 바라보는 바다는 다르다. 초기작의 바다가 세속의 삶에 파묻힌 자의 바다였다면, 후기작의 바다는 세속에서 한 발을 빼고 있는 자의 시선이 있다. 물론 어느 바다에서도 삶의 터

『아버지와 아들』의 배경이 된 생가의 뒷산

전이자 아귀다툼이 벌어지는 바다의 현장성은 도외시되지 않는다. 그러나 세속에 묻힌 자의 눈과 세속에서 벗어난 자의 시선은 확연히 다르다.

이렇게 끓고 넘치는 바다의 역동성은 그의 창작활동과도 관련이 있다. 그에게는 바다가 곧 소설이고, 삶이다. 그는 "글을 쓰는 한 살아 있고, 살아 있는 한 글 쓸 것"이라 했다. 그치지 않는 그의 창작욕은 그의 고향 바다를 닮았다. 그가 말하는 자궁권력은 바로 소설을 낳는 작가의 이미지이다. 바다가 곧 소설의 어미이자, 작가 자신이기에 바다는 그의 소설적 상상력의 원형 공간이자, 소설가로서의 한승원을 은유한다.

그러나 어떠한 미사여구보다 그에게 더 어울리는 말은 '가장 성실하게

한승원 생가

글 농사를 짓는 사람'이다. 한국문학사에서 50년 이상 꾸준히 작품 활동을 한 작가는 한승원 이전에는 없었다. 1939년생인 그는 지금도 왕성한 창작활동을 하고 있다.

문학 현장 - 『아버지와 아들』과 회진 덕도

(주소 : 전남 장흥군 회진면 가학회진로510)

한승원의 『아버지와 아들』은 1989년에 발표한 연작소설이다. 「아버지와 아들」, 「밤기차」, 「구멍」, 「산 자들의 축제」, 「겨울 폐사廢寺」, 「불꺼진 창」 등 여섯 작품이 수록되어 있다. 이 작품은 그의 고향인 회진면 신덕리 뒷산이 실제 소설의 배경지이다. 이 작품에서도 생존의 터전이자 한과 신비한 힘의 원천인 바다의 속성이 잘 드러나 있다.

한승원 소설문학길

> 바닷물은 마녀나 악귀처럼 악을 쓰며 들썽거리기도 하고 울부짖기도
> 하고 웅얼거리기도 하였다. 그러면서 고기잡이 나간 사람들을 빠져 죽
> 게 하기도 하고, 배를 뒤집어엎어 사람들을 몰살시키기도 하고, 혼자서
> 낙지나 조개를 잡으러 나간 아낙네나 처녀들을 물에 휩쓸려 죽게도 만
> 들었다.
>
> – 「아버지와 아들」 부분

소설의 주된 갈등은 아버지 주철과 아들 윤길의 이데올로기적 갈등이
지만, 이러한 외적 갈등보다 더 주의 깊게 살펴야 할 것은 '아버지 죽이
기' 모티프이다. 일곱 살 때까지 어머니의 젖을 만졌던 윤길은 언제나처
럼 어머니의 젖을 만진다. 그런데 "알따란 잠옷 속에 있는 어머니의 부드
럽고 풍만한 젖무덤에는 커다란 나무접시만 한 남자의 손이 덮이어 있었

해산 한승원문학현장비

다". 이 사건은 윤길에게 충격적이었다.

> 어머니는 아들인 윤길의 소유물이 아니었다. 원래부터 어머니는 아
> 버지의 소유였던 것이다. 그런데도 그는 자기 소유였던 어머니를 아버
> 지에게 빼앗긴 것만 같은 억울함과 슬픔이 아픔으로 남아 있곤 했다. 중
> 학교 고등학교를 거쳐 대학엘 간 뒤까지도, 그는 그날 밤 어머니의 젖무
> 덤을 덮어 누르고 있던 아버지의 손등을 만지고 나서 맛보았던 절망감
> 과 낭패감을 잊을 수가 없었다.
>
> – 위의 작품

결국은 아버지를 죽이는 살부의식이 싹튼다. 이러한 아버지 죽이기,
아버지 뛰어넘기 의식은 주철과 윤길 부자에게만 해당되는 게 아니다.
'아버지 극복하기'는 비천한 개동이를 아버지로 둔 주언과 주철의 작은할
아버지 박호남의 의붓아들들인 쌍도, 쌍균 형제에게도 극복해야 할 의식

해산토굴

으로 남아 있다. 그들은 아버지 세대에게서 물려받은 갈등과 한을 현재의 삶에서 해소하려 한다. 하지만 소설이 끝나도록 이들의 갈등은 해소되지 않고, 독자에게 질문을 남긴다.

한승원은 1997년 귀향한 이래 지금껏 '해산토굴'에서 살고 있다.

남도 서정의 큰시인 송수권과 동생의 무덤

작가 소개

남도가 낳은 큰시인이자 한국 전통 서정시의 완성자라 할 수 있는 송수권은 1940년 고흥군 두원면 학림마을에서 부친 송기담의 장남으로 태어났다. 그는 고흥 두원초등학교, 고흥중학교를 졸업한 뒤, 1959년 순천사범학교와 1962년 서라벌예술대학 문예창작과를 졸업하였으며, 1975년 『문학사상』 신인상에 「산문에 기대어」 외 4편이 당선되어 문단에 나왔다. 첫 시집 『산문山門에 기대어』(1980)를 시작으로 2016년 타계하기 전까지 송수권은 70여 권의 저서를 발간하며 왕성한 작품 활동을 펼쳤다. 18권의 개인 시집을 출간하였고, 산문집으로 『다시 산문山門에 기대어』(1986), 기행집으로 『남도기행』(1991) 등이 있다. 송수권은 1988년 소월시문학상을 시작으로 김달진문학상, 정지용문학상, 김삿갓문학상, 구상문학상 등을 수상하였으며, 2016년 향년 76세를 일기로 광주 기독병원에서 타계했다.

작품세계와 문학적 평가

송수권이 한국 시단의 집중적인 주목을 받을 수 있었던 계기는 1988년 제2회 소월시문학상을 수상한 이후이다. 그의 시가 토속적 언어와 전통 서정에 기반을 두었지만, 지역성에 함몰되지 않고 전통 서정시의 영역

시인 송수권

을 새롭게 계승하였다는 평가를 받은 것이다. 그가 문단 활동을 시작한 1970년대는 도시화가 진행되면서 대도시로 농촌 인구가 대거 유입되었고 독재 정권이 지배하던 시기였다. 급격한 산업화 정책의 영향으로 전통적인 가치관과 농촌공동체가 붕괴되었으며, 한국 시단에서도 모더니즘을 앞세운 시가 득세하였다. 또한 군부 독재 때문에 참여의식을 앞세운 민중시까지 난무하게 되면서 명맥을 유지하던 전통 서정시는 진부한 것으로 폄하되는 경향이 없지 않았다. 그럼에도 불구하고 송수권은 시류에 편승하지 않았고 전통 서정의 시문법을 새로 쓰며, 독자적인 시·공간을 구축하였다. 물론, 송수권의 시는 김소월, 김영랑, 서정주, 박재삼으로 이어지는 전통 서정의 계보를 잇고 있으나, 기존 전통 서정시에서는 발견할 수 없는 독특한 시적 특징이 있다. 제 1시집『산문에 기대어』(1980)에서부터 마지막 시집인『흑룡만리』에 이르기까지 그의 시세계는 전통 서정시가 나아가야 할 방향을 보여주며 한국문학사에 한 획을 그었다.[15]

문학 현장 – 「산문에 기대어」와 죽은 동생의 무덤

(주소 : 전남 고흥군 두원면 고흥로2212)

첫 시집 『산문에 기대어』

그의 등단작이자 대표작인 「산문에 기대어」에는 송수권의 자전적 체험이 육화되어 있다. 7살 어린 나이에 어머니를 여읜 송수권은 하나뿐인 남동생을 무척 아꼈다고 한다. 초도라는 외딴섬에서 교사 생활을 하던 시인은 어느 날 남동생이 자살했다는 비보를 듣게 된다. 송수권과 3살 터울이었던 남동생은 태어났을 때부터 어머니가 병중이어서 젖도 빨지 못하고 유약하게 자랐다고 한다.

이렇듯 선천적으로 몸이 허약했던 동생은 어질병으로 시력까지 약화되어 고등학교도 다니지 못했으나 송수권의 학비를 벌어주는 등 온갖 고생을 하였다. 그런 동생이 자살했다는 소식에 송수권은 충격을 받아 학교에 사표를 던지고 화엄사, 선암사, 쌍계사와 같은 절집을 전전하였다. 유랑 생활을 하던 그가 대책 없이 뛰어든 곳은 바로 서울이었다. 우연히 남대문 근처 서점에 들른 송수권은 『문학사상』이란 문예지를 사서 읽고 신인상 공모에 응모했다. 당시 화성여관에서 기거하던 그는 원고지를 살 돈조차 없을 만큼 극빈하였다. 원고지가 아닌 갱지에 시를 써서 응모한 데다 보낸 사람의 주소마저 기재되지 않은 송수권의 응모작은 출판사의 휴지통으로 들어가고 말았다. 이 당시에 문학사상사의 편집주간이던 이어령 평론가는 응모작들을 살펴보다 마땅한 작품

---

15 제7시집 『별밤지기』와 제8시집 『바람에 지는 아픈 꽃잎처럼』에서는 문명비판적인 시각과 생태시의 면모가 두드러진다. 또한 음식 이미지로 가득한 『남도의 밤 식탁』은 백석 이후 음식시의 새로운 지평을 열었다는 평가를 받았다.

송수권 시인 생가

이 없어서 휴지통을 뒤지게 되었다. 송수권의 응모작을 발견하고 이어령은 회심의 미소를 지었지만, 보낸 이의 주소가 없었기에 당선자에게 연락하는 데 꼬박 1년이 더 걸렸다고 한다. 이런 일화 때문에 송수권은 한동안 '휴지통에서 건진 시인'이라 불렸다.

> 누이야/가을산 그리메에 빠진 눈썹 두어 낱을/지금도 살아서 보는가/정정淨淨한 눈물 돌로 눌러 죽이고/그 눈물 끝을 따라가면/즈믄 밤의 강이 일어서던 것을/그 강물 깊이깊이 가라앉은 고뇌의 말씀들/돌로 살아서 반짝여 오던 것을/더러는 물속에서 튀는 물고기같이/살아오던 것을/그리고 산다화山茶花 한 가지 꺾어 스스럼없이/건네이던 것을//누이야 지금도 살아서 보는가/가을산 그리메에 빠져 떠돌던, 그 눈썹 두어 낱을 기러기가 강물에 부리고 가는 것을/내 한 잔은 마시고 한 잔은 비워두고/더러는 잎새에 살아서 튀는 물방울같이/그렇게 만나는 것을//누

송수권 시비

이야 아는가/가을산 그리메에 빠져 떠돌던/눈썹 두어 낱이/지금 이 못
물 속에 비처옴을

―「산문에 기대어」 전문

　죽은 동생을 산에 묻고 돌아오던 날의 아픔이 투사되어 있는 시이다.
인용 시에서 "눈썹 두어 낱"은 이승에서 못다 푼 한恨을 넘어서서 환생의
매개체로 형상화되고 있다. 망자를 이장할 때 뼈는 다 삭았어도 육신이
지녔던 머리카락이나 눈썹 같은 터럭은 그대로 남아 있다고 한다. 이 시
에서는 "눈썹 두어 낱"이라고 망자의 모습을 형상화하였지만, 생전에 남
동생의 눈썹은 유독 까맸다고 한다. 말하자면, 이 시를 통해 송수권은 육
신이 썩어도 영원히 남는 터럭을 매개로 하여 재생의 길을 열어 보여주었
으며, 육친의 죽음에 대한 사무치는 슬픔과 정한을 해원의 굿으로 풀어낸

「산문에 기대어」를 쓰게 한 동생 무덤

것이다.

　이렇듯 송수권은 전통 서정시의 외장을 고수하면서도 설움을 설움으로, 한을 한 그 자체로 받아들이며, 사적인 한을 역사의식으로 확장하고자 하였다. 역사적 현실이란 맥락 속에서 퇴영적 한을 극복하고, 서정시의 넓이와 깊이를 한껏 확장한 그를 한국 전통 서정시의 진정한 완성자라 해도 과언이 아닐 것이다. 전남 고흥군 두원면 본가 선산에는 송수권의 시 정신을 기리는 시비와 죽은 동생의 무덤이 있다.

남도가 낳은 세계적 시인 김지하와 목포

작가 소개

김지하는 1941년 목포시 산정동 1044번지(당시 연동 수돗거리 물전 건너편 옛 외가)에서 아버지 김맹모와 어머니 정금성 사이의 외동아들로 태어났다. 본명은 영일英一, 호는 노겸勞謙, 지하芝河는 필명이다. 그의 선대先代는 언제부터인지 전남 신안군 암태면 입금리에서 살았는데, 천주교 신자이자 동학꾼이었던 증조할아버지 때부터 목포로 이사하여 자리를 잡았다. 아버지는 공산주의자[16](월출산 빨치산)였다. 목포산정초등학교를 졸업하고 목포중학교 1학년을 마치고, 1954년 아버지를 따라 원주로 이주했다.

원주중학교 2학년으로 편입해 다니던 중 천주교 원주교구의 지학순池學淳 주교와 인연을 맺은 뒤 1956년 서울 중동고등학교에 입학하면서 문학의 길로 들어섰다. 1959년 서울대학교 미학과에 입학한 이듬해 4·19혁명에 참가한 뒤 학생운동에 앞장서는 한편, 5·16군사정변 이후에는 수배를 피해 목포 등지에서 항만의 인부나 광부로 일하며 도피생활을 하였다. 1963년 3월 『목포문학』 2호에 '김지하'라는 필명으로 발표한 시 「저녁 이

---

16 김지하 회고록 『흰 그늘의 길(1)』, 학고재, 2003, 59쪽.

시인 김지하

야기」가 처음으로 활자화되었고, 1964년 6월 서울대학교 6·3한일굴욕회
담반대 학생총연합회 소속으로 활동하다 체포되어 4개월의 수감 끝에 풀
려난 뒤, 1966년 8월 7년 6개월 만에 대학을 졸업하였다.

1969년 11월 목포 오거리 친구인 김현의 도움을 받아 조태일이 주재하
던 시 전문지『시인』에 5편의 시를 발표하면서 본격적인 반체제 저항시인
의 길로 들어섰다. 1970년『사상계』5월호에 권력 상층부의 부정과 부패
상을 판소리 가락으로 담아낸 담시「오적」을 발표하였다.「오적」으로 인
해『사상계』와 신민당 기관지『민주전선』의 발행인과 편집인이 연행되었
고,『사상계』는 정간되었다. 김지하는 이때 오적필화사건으로 구속되었
으나 국내·외의 구명운동에 힘입어 석방되었다. 이후 희곡「나폴레옹 꼬
냑」, 김수영 추도시론「풍자냐 자살이냐」를 발표하였고, 그해 12월 목포를
시적 배경으로 삼은 첫 시집『황토』를 발간하였다. 그리고 1980년 감옥에
서 석방되어 1982년 두 번째 시집『타는 목마름으로』를 발간하였다.

김지하 담시모음집 『오적』

1984년 사면 복권되고 저작들도 해금되면서 1970년대의 저작들이 다시 간행되었다. 이 무렵을 전후해 최제우崔濟愚·최시형崔時亨·강일순姜一淳 등의 민중사상에 독자적 해석을 더해 '생명사상'이라 이름하고 생명운동에 뛰어들었다. 당시 시집으로 『애린』(1986), 『검은 산 하얀 방』과 최제우의 삶과 죽음을 담은 장시집 『이 가문 날에 비구름』(1988), 서정시집 『별밭을 우러르며』(1989) 등을 펴냈다. 1990년대에는 1970년대의 활기에 찬 저항시와는 달리 고요하면서도 축약과 절제·관조의 분위기가 배어나는 내면의 시 세계를 보여주었는데, 『일산 시첩』이 대표적인 예이다. 1991년 명지대생 강경대 군이 경찰의 폭력진압으로 사망한 후 청년 학생들의 분신자살이 이어지자 〈조선일보〉 5월 5일자에 칼럼 「젊은 벗들! 역사에서 무엇을 배우는가」(이후 신문사가 제목을 「죽음의 굿판을 당장 걷어치워라」로 바꿈)를 기고한 이후 민주 진영으로부터 비난을 받았다. 1993년 그동안 써낸 시들을 묶어 『결정본 김지하 시 전집』 3권을 출간하였고, 1994년 『대설 남南』과 시집 『중심의 괴로움』, 1999년 이후 『김지하의 사상기행』과 시집 『화개』, 『유목과 은둔』, 『새벽강』, 『비단길』 등을 펴냈다. 1998년부터 율려학회를 발족해 율려운동[17]과 신인간운동을 주창하는 등 새로운 형태의 민족문화운동을

---

17 '율려(律呂)'는 원래 음악용어이지만, 음양오행의 동양철학에 기초하고 있고, 고대신화에서 천지창조의 주인공으로 일컬어지는 등 철학, 신화학 등에서 사용하는 용어이다. 다시 말해 율려론은 음양오행의 주역 철학에 기초하였으며, 상생과 상극의 상관관계에 대한 통합적 이해를 바탕으로 조화를 얻어야 한다는 입장으로 요약할 수 있다. 이러한 율려는 오늘날 증산도에서 태을주사상을 결합시켜 신앙화하고 있으며, 김지하의 생명사상에서도 중심을 이루게 된다(한국문학평론가협회 편, 『문학비평용어사전-상』, 국학자료원, 2006, 612쪽). 참고로 〈율려학회〉 창립 멤버는 강준혁, 김영동, 김정헌, 임진택, 채희완, 정희섭 등이다.

김지하의 시 「비녀산」의 무대인 비녀산 원경

전개했다. 2018년 마지막 시집 『흰 그늘』과 산문집 『우주생명학』을 출간하면서 절필을 선언했다. 2022년 5월 8일 향년 81세로 타계했다.

작품세계와 문학적 평가

김지하는 남도가 낳은 세계적인 시인이요, 반체제 저항시인의 대명사이며, 민족문학의 상징으로 통한다. 또한 그는 시인을 넘어 생명사상가이자 문화운동가이며 화가이기도 하다. 특히 그는 김수영과 함께 이식문학이 판치는 이 땅의 근·현대문학사에서 참다운 민족문학의 길을 온몸과 정신으로 뚫고 나간 사람으로 기억되어야 할 것이다. 유신 독재에 대한 저항운동의 중심으로서 도피와 유랑, 투옥과 고문, 사형선고와 무기징역, 사면과 석방 등 형극의 길은 물론 우리 문화의 원형에 바탕을 둔 심원한 문학과 사상의 길을 걸어온 족적이 이를 증거한다. 그 결과 1975년 한국인 최초로 노벨문학상과 노벨평화상 후보로 추대되었고, 같은 해 감옥에서 아시아·아프리카작가회의로부터 로터스상을, 1981년엔 세계시인대회로부터 위대한 시인상과 브루노 크라이스키상을 수상함으로써 유사 이래 세계적인 시인의 반열에 오른 한국 최초의 문인으로 기록되었다. 그의 시에 곡을 붙인 「타는 목마름으로」는 1980년대를 살았던 사람들은 모르는 사람이 없을 정도로 국민 애창곡이 되었다.

문학 현장 – 첫 시집 『황토』와 비녀산 (주소 : 전남 목포시 양을산길36)·

성자동 언덕 (주소 : 전남 목포시 삼학로346)

1970~1980년대 인구에 회자되던 김지하의 첫 시집 『황토』는 고향 목포를 배경으로 하고 있다. 이 시집에는 목포의 지명이 다수 나오는데, ① 「산정리 일기」, ② 「비녀산」, ③ 「성자동 언덕의 눈」, ④ 「용당리에서」, ⑤ 「황톳길」 등의 시가 대표적이다. ①에서 ④까지 제목과 ⑤의 시 속에 나오는 '부주산', '오포산'은 현존하는 지명들이다. ①은 채석장이 있는 산정리에서 돌을 깼던 노동의 체험을, ②는 인공 때 참혹한 살육의 현장이었던 목포대 목포캠퍼스 뒷산인 비녀산의 기억을, ③ 역시 같은 살육의 현장이었던 지금의 성자동 뒷산 기슭의 기억을, ④는 철선이 다녔던 영암 삼호 용당부두에서 노동자의 죽음을, ⑤는 지금 화장터와 시민문화체육센터가 있는 하당의 부주산과 오포를 쏘던 유달산 아래 노적봉을 배경으로 고통스러웠던 1960년대의 현실을 각각 노래한 것이다. 이들 시는 1961년 남북학생회담 남쪽 대표 3인 중 한 사람으로 지명 수배된 그가 학업을 중단하고 목포로 도피하여 항만 인부 생활 등을 하며 숨어 지낼 때의 체험을 모티브로 하고 있다. 그는 옥중 수기 「고행---1974」에서 목포를 "내 시

김지하의 시 「성자동 언덕의 눈」의 무대인 성자동 언덕

의 어머니, 굽이굽이 한이 맺힌 저 핏빛 황토의 언덕들"이라고 묘사한 바 있다.

그러나 현재 목포에는 그를 기억하거나 기념할 만한 흔적이 거의 남아 있지 않다. 유달산 뒤쪽 어민동산에 자그마한 시비(시 「바다」)가 세워져 있을 뿐이다. 무덤은 원주시 흥업면 대지리 선영에 있다.

국토로 살다가 국토가 된
들꽃 시인 조태일과 태안사

작가 소개

조태일은 1941년 전남 곡성군 죽곡면 원달1리에 있는 '태안사'에서 태어났다. 태안사 대처승이었던 아버지 조봉호와 어머니 신정임 사이의 넷째이다. 그가 태어난 곡성은 여순사건 당시 극심한 피해를 입었던 곳으로, 그의 가족도 여러 번의 죽을 고비를 넘겼고, 급기야 가산을 팽개치고 광주로 이주한다. 이후 광주고등학교와 경희대 국문과(1962)를 거쳤다.

1964년 〈경향신문〉 신춘문예에 「아침 선박」이 당선되며 문단에 나온 후, 첫 시집 『아침 선박』(선명문화사, 1965)에서부터 『식칼론』(시인사, 1970)과 『국토』(창작과비평사, 1975)에 이르기까지 그는 반체제 저항 시인의 길을 꿋꿋하게 걷는다.

1987년 자유실천문인협의회가 민족문학작가회의로 바뀌면서 초대 상임이사를 맡았다. 늦은 나이에 대학원 과정을 밟은 그는 1989년 광주대학교 문예창작과 조교수로 임용된 다음 같은 학교 예술대학장을 지내며, 1999년 『무등無等 둥둥』이라는 창작 오페라 대본을 쓰기도 했다. 마지막 시집이 된 『혼자 타오르고 있었네』를 펴낸 뒤 관련 기사를 쓴 한 신문 기자에게 "나중에 술 한잔하자."는 말을 남기고 건강이 나빠져 그 약속을 지키지 못한 채 요양소로 떠났다가, 1999년 9월 7일 밤 11시에 숙환인 간

시인 조태일

암으로 세상을 떴다.

작품세계와 문학적 평가

'민족시인', '저항시인', '강골의 시인', '임전무퇴의 시인' 등으로 불리는 조태일 시인은 '소주에 밥을 말아 먹는다.'는 소문이 나돌 만큼 문단의 호주가로 이름이 높고, 듬직한 몸집에 걸맞은 남성적 기개가 두드러진 시인이다. 그의 초기 시는 그의 골격만큼 품이 강대하고 넉넉하다. 그의 후기 시는 자상한 그의 품성만큼 여리고 섬세하여, 시와 사람이 일치하는 시인이다.

대지의 강인한 생명력을 바탕으로 시대의 폭력에 '식칼' 같은 시로 당당히 맞서 한국현대시사에서 이육사나 유치환의 맥을 잇는 시인으로 자리매김되기도 했다. 한마디로 군사독재에 정면으로 맞장을 뜬 시인이었다.

시집 『국토』

벼랑을 건너뛰는 이 무적의 칼빛은/나와
너희들의 가슴과 정신을/단 한 번에 꿰뚫어
한 줄로 꿰서 쓰러뜨렸다가/다시 일으키고
쓰러뜨리고 다시 일으키고/메마른 땅 위에
누운 나와 너희들의 국가 위에서/아직 오지
않은 미래를 끌어다 놓고/더욱 퍼런빛을 사
방에 쏟으면서/천둥보다 번개보다 더 신나
게 운다/독재보다도 더 매웁게 운다.

— 「식칼론·4」 전문

　　조태일 시인은 모두 세 차례에 걸쳐 투옥이 된다. 첫 번째 투옥은 양성
우 시인의 시집 『겨울 공화국』의 발간 및 보급에 관여했던 일 때문이다.
두 번째 투옥은 이른바 '막걸리 보안법'과 관련한 일 때문이다. 1970년대
말은 박정희 정권에 의한 억압이 극에 달했을 때이다. 1979년 5월의 어
느 날 밤 잔뜩 술에 취한 채 그는 자신의 집 옥상에 올라가 박정희 대통령
과 유신독재를 신랄하게 비판하며, 청와대 쪽을 향해 큰 목소리로 박정희
를 호통쳤다. 이 일로 인해 그는 구류 29일의 처벌을 받는다. 세 번째 투
옥은 1980년 광주민주화운동 직후인 1980년 5월 31일 '김대중 내란음모'
사건을 조작한 합수부가 문인 중에서 조태일 시인, 신경림 시인, 구중서
평론가를 잡아들였다. 그들을 투옥한 명분은 김대중 내란음모사건과 관
련된 참고인의 자격이었다. 그러나 합수부가 문제 삼은 것은 이유가 따로
있었다. 그중 하나는 그해 6월 서울 청진동의 경주집에서 '자유실천문인
협의회' 간사회의를 개최한 것이고, 다른 하나는 이호철 선생 중심의 '지
식인 선언'에 서명한 것이었다. 이들 두 가지가 계엄포고령을 위반했다는
이유로 군법회의를 거쳐 징역 2년 집행유예 3년을 선고받는다. 그러나
잇따른 군부의 탄압 앞에서도 그는 당당했다.

조태일시문학관

천만번이라도/손목을 내밀마/그 손목도 부족하다면/발목이라도 내밀마/그 발목도 안 된다면/모가지라도 내밀마/그 모가지가 약하다면/뚱어리째 내밀마/이 몸뚱어리 성한 데가 없어/옭아매지 못한다면/좋다, 좋다,/숨결이라도 내밀마/터럭 난 너의 손아귀 앞에/아아, 내 최후의 눈빛이라도/내밀마

– 「수갑」 전문

조태일은 강한 독재 정권에는 그보다 더 강한 식칼로 맞선 저항 시인이었지만, 여린 풀씨들에는 흙 같은 손을 내밀었던 감성의 시인이었다. 특히 구속된 동지들의 집을 찾아 쌀이며 연탄을 쟁여주고, 제자들에게 술과 밥을 주머니 털어 사주었던 조태일 시인. 그는 어머니가 세상을 뜬 지 5년이 되도록 젊은 시절부터 다달이 내놓던 용돈을 차마 끊지 못하고 계

속 통장에 입금할 만큼 어머니에 대한 그리움과 애착이 컸다.

문학 현장 – 「원달리 아버지」와 태안사

(주소 : 전라남도 곡성군 죽곡면 태안로622-15)

조태일의 시를 읽는 키워드는 '국토'와 '풀씨'이다. 우리나라 전 국토가 몸이 된 듯이 크고 우람한 시인이지만, 한낱 풀씨처럼 섬세한 시인이다. 시인은 "나의 시는 내가 태어난 전남 곡성 동리산 태안사에서 발원해 전 국토를 온몸으로 내달려 민족과 역사 앞에 올바르게 서고자 하는 몸부림이다."라고 털어놓은 바 있다.

> 모든 소리들 죽은 듯 잠든/전남 곡성군 죽곡면 원달1리//구산의 하나인 동리산 속/태안사의 중으로/서른다섯 나이에 열일곱 나이 처녀를 얻어//깊은 산골의 바람이나 구름/멧돼지나 노루 사슴 곰 따위/혹은 호랑이 이리 날짐승들과 함께/오손도손 놀며 살아라고/칠 남매를 낳으시고 (후략)
>
> – 「원달리의 아버지」 부분

> 발바닥이 다 닳아 새 살이 돋도록 우리는/우리의 땅을 밟을 수밖에 없는 일이다.//숨결이 다 타올라 새 숨결이 열리도록 우리는/우리의 하늘 밑을 서성일 수밖에 없는 일이다./…… 버려진 땅에 돋아난 풀잎 하나에서부터/조용히 발버둥치는 돌멩이 하나에까지/이름도 없이 빈 벌판 빈 하늘에 뿌려진/저 혼에까지 저 숨결에까지 닿도록 …… 일렁이는 피와 다 닳아진 살결과/허연 뼈까지를 통째로 보탤 일이다.
>
> – 「국토 서시」 전문

『국토』는 1970년대 초부터 5년에 걸쳐 쓴 48편의 연작시를 묶은 조태

시인의 탯자리가 있는 동리산 태안사 일주문에서

일의 대표적인 시집이다. 여기서 그는 야성적이고 원초적인 언어로 민중
의 삶의 근거인 조국 땅을 향한 질박한 사랑을 노래한다. 시인에게 '국토'
는 그를 낳고 길러준 모태이고, 민중의 살림살이를 떠받들고 있는 삶터이
다. 태안사가 있는 원달리 골짜기는 물론이요, 이 땅의 민초들이 들꽃처
럼 살아 있는 모든 땅이 조태일의 국토이다. 그를 기념하는 조태일시문학
관은 곡성 태안사 입구에 있으며, 매년 곡성군이 조태일문학제와 문학상
을 제정·시상하고 있다.

불멸의 천재 소설가 김승옥과 대대포

작가 소개

소설가 김승옥

김승옥은 1941년 12월 23일 일본 오사카에서 아버지 김기선과 어머니 윤계자의 장남으로 태어났다. 1945년 귀국한 그의 가족은 전남 진도와 전남 광양 등에서 거주하는데, 그의 할아버지가 살았던 곳이 현 '매천 황현'의 생가로 알려진 전남 광양시 봉강면 서석길14-3이다. 이후 전남 순천, 여수, 경남 남해 등을 거쳐 다시 순천 북국민학교로 전학하고, 순천중학교과 순천고등학교를 다니며 학생회장을 지냈다.

1960년 서울대학교 문리대 불문과에 입학하여 재학 중이던 1962년 〈한국일보〉 신춘문예 단편소설 「생명 연습」이 당선되어 문단에 나왔다. 김치수, 김현, 염무웅, 서정인, 최하림 등과 함께 목포에서 동인지 『산문시대』를 발간하고, 「서울, 1964년 겨울」로 『사상계』가 제정한 제10회 동인문학상을 수상했다.

영화에 관심이 많아서 1966년 〈무진기행〉의 시나리오를 집필하고, 감독으로도 활동했다. 1967년엔 김동인의 「감자」를 각색 및 감독하여 영화로 만들었다. 백혜욱과 결혼한 후, 이후 많은 소설을 시나리오로 각색하는 작업을 했는데, 1968년 이어령의 「장군의 수염」을 각색하여 대종상 각본상을 수상했다.

『무진기행』

1970년 당시 「오적」 필화사건으로 김지하가 투옥되자 이호철, 박태순, 이문구 등과 김지하 구명운동을 전개했다. 1976년 창작집 『서울의 달빛 0장』으로 문학사상사 제정 제1회 이상문학상을 수상한 후, '천재'라는 칭호를 받기 시작했다. 1980년 장편 『먼지의 방』을 〈동아일보〉에 연재했으나, 5·18로 인한 집필 의욕 상실로 15회 만에 자진 중단했다. 1981년 4월엔 종교적 계시를 받는 극적 체험을 한 후, 성경 공부와 수도 생활을 시작했다. 1999년 세종대학교 국어국문학과 교수를 지내고, 2004년 퇴직했다.

2009년 순천고등학교에 소설가 서정인과 김승옥의 문학비가 세워졌다. 2010년 순천시청 주관으로 김승옥관, 정채봉관이 설립되었다. 2012년 대한민국예술원상을 수상했다. 2013년 KBS 순천방송국에서 김승옥의 등단 50주년을 기념해 '김승옥 문학상'을 제정했다.

작품세계와 문학적 평가

김승옥의 작품에 대해서는 유종호가 '감수성의 혁명'이라 하였다. 그 후 그만큼 작품에 대한 찬사를 많이 받은 작가는 없을 만큼 극찬이 이어졌다. 또한 젊은 시절부터 노골적으로 '천재'라는 말을 들었던 작가도 없었다. 그는 '한글세대를 대표하는 천재 작가', '진정한 한글세대를 이룬 명문장가', '한국문학사의 불멸의 천재' 등으로도 불렸다.

김승옥이 어린 시절을 보냈던 매천 황현 생가

　그와 그 주변 문학인들이 우리 문학의 중추를 이룬 점도 의미가 있다. 이른바 서울대 60학번들 중에는 한국문학의 거장들이 유독 많다. 이청준, 김현, 김치수, 염무웅, 김주연 등이 그들이다. 그중 불문과의 김승옥과 독문과의 이청준은 천재로 평가받았고, 일종의 밈을 형성하기까지 하였다.

　김승옥의 작품은 등단 때부터 주목을 받았다. 대학생 시절에 이미 유명 문인이 되었던 그는 문학상 수상 상금으로 막냇동생의 대학 등록금을 대기도 했다. 1961년 이청준과 함께 신춘문예에 소설을 투고한 뒤, 순천의 김승옥 집에서 함께 머물던 중 김승옥만 당선 통보를 전보로 받는다. 김승옥은 1962년 〈한국일보〉 신춘문예에 단편소설 「생명 연습」이 당선된 직후 입대한다.

　작품을 발표할 때마다 문단에 충격을 주었던 그는 최인훈, 이청준과 함께 1960년대를 대표하는 작가로 평가받는다. 이들은 한글세대였고, 외국문학의 영향을 새롭게 받았다. 전쟁을 겪었고, 성년이 되어서는 4·19와 5·16을 거의 동시에 겪으면서 독재자가 무너지는 장면을 목격했다. 그래서인지 이들의 작품 세계는 이전의 전후세대와 다른 양상을 보여준다.

김승옥의 작품은 이전의 소설에서 주를 이뤘던 엄숙주의, 도덕주의 등을 완전히 비껴간다. 그는 일상어의 함축성, 새로운 감수성, 도시적 일상어의 환청성 등을 통해 새로운 문체를 구성하고 실현한다. 자칫 상투적인 대화체가 김승옥을 거치면 비범한 의미망을 지닌 말로 탈바꿈된다. 그것이 김승옥이 이룩한 문체 혁명이다. 또한 시에서나 보일 법한 함축성과 환상적 배경 묘사와 더불어 낭만성과 모호성, 상징성이 가미된 시적 문장을 구사하였다. 또한 감각적이고 환청성이라고 해야 할 문체적 특성은 비루한 일상어의 은유화 및 상징화 등과 연결되고, 이는 소설적 상황과 내면 심리에 대한 언어의 조응력, 에로스적 환상성 등과 맞물리면서 그의 작품은 한국문학의 현대성을 완전하게 이루었다는 평가를 받는다.

문학 현장 – 「무진기행」과 대대포

(주소 : 전남 순천시 순천만길513–25)

한국을 대표하는 단편소설 중 하나인, 김승옥의 「무진기행」은 1964년 『사상계』에 발표되었다. 소설은 이렇게 시작된다.

> 버스가 산모퉁이를 돌아갈 때 나는 〈무진 Mujin 10km〉이라는 이정비里程碑를 보았다. 그것은 옛날과 똑같은 모습으로 길가의 잡초 속에서 튀어나와 있었다.
>
> – 김승옥, 「무진기행」 부분

전라도 남해안의 소읍인 무진은 바닷가이기는 하지만, 항구 하나 변변히 없는 곳이고, 특별한 인물이나 명물이 없는 곳이다. 굳이 무엇 하나를

「무진기행」의 배경이 된 대대포구 갈대밭

꼽자면, 안개다. "무진에 명산물이 없는 게 아니다. 나는 그것이 무엇인지 알고 있다. 그것은 안개다." 소설 속 주인공은 그런 무진에 올 때마다 엉뚱한 공상에 사로잡히고, 안개는 무진과 세상 사이에 쳐진 거대한 '막' 역할을 한다.

「무진기행」의 배경지가 정확히 어디인지는 아무도 모른다. 순천 사람들은 김승옥이 성장기를 보냈던 순천의 대대포가 배경지라고 여기지만, 작품에 순천이 나오지는 않는다. 그래서 김승옥의 원적이라고 해야 할 광양 사람들은 광양의 세풍뜰과 초남포를 배경지라고 주장한다.

그러나 「무진기행」의 무대가 광양의 초남포인지 순천의 대대포인지는 중요하지 않다. 소설 속 배경인 '무진'은 오로지 작가에 의해 새롭게 창조된 '무진'일 뿐이다. 남도 땅 어디인들 안개 자욱한 갈대밭 있는 곳이라면 모두 무진일 것이다.

「무진기행」의 배경지로 안성맞춤인 순천 대대포. 김승옥 문학관은 순천만 갈대밭 입구에서 한참이나 떨어진 곳에 있다.

김승옥문학관

　'무진'은 이상한 곳이다. 논리나 개연성 같은 것은 무시된다. 책임도 없고 무책임도 없다. 오직 안개와 펄만이 진실이다. 우리는 천천히 김승옥의 문장을 읽으며 무진의 안개 속에 갇힌다. 가령 다음과 같은 문장은 위험하다.

　　나는 그 방에서 여자의 조바심을, 마치 칼을 들고 달려드는 사람으로부터, 누군가 자기의 손에서 칼을 빼앗아 주지 않으면 상대편을 찌르고 말 듯한 절망을 느끼는 사람으로부터 칼을 빼앗듯이 그 여자의 조바심을 빼앗아 주었다.

—「무진기행」 부분

　'안개가 명물'이라는 서술과 '그녀의 조바심을 빼앗아 주었다.'라는 문장을 만난 순간 문장에 감전되지 않을 문학도는 드물 것이다. 참 황홀한 절망이다.

한국 평론문학의 독보적 존재 김현과 오거리

작가 소개

　문학평론가 김현은 1942년 전남 진도군 진도읍 남동리에서 태어났으며 본명은 광남光南이다. 진도에서 초등학교 1학년 1학기를 마치고 7월에 목포 북교초등학교로 전학했다. 그의 아버지는 목포 공설시장 앞에서 구세약국救世藥局을 열어 양약 도매업을 했는데 충청 이남의 양약 공급을 장악할 만큼 사업에 성공했다고 한다. 목포중학교를 졸업하고 목포 문태고등학교에 입학했으나 곧바로 서울의 경복고등학교로 전학했다. 경복고등학교를 마친 후 서울대학교 문리대 및 동 대학원 불문학과[18]를 졸업하고, 프랑스 스트라스부르대학에서 수학하였다. 유학을 마치고 귀국하여 서울대 불문학과 교수로 임용 후 사망할 때까지 재직했다. 1990년 6월 48세라는 짧은 나이에 간경변으로 세상을 떴다. 김현은 살아생전 240여 편에 달하는 문학평론과 저서를 남겼다. 김윤식과 함께 펴낸『한국문학사』(1973)는 우리나라 근대문학의 기점을 영·정조 재위 기간으로 본 최

18　서울대 재학 때 이청준과 교우하며 소설가 이청준에 대한 일화를 남기기도 하였다. 이 당시에 그는 프랑스문학이 표방한 실존주의사상에 경도되어 있었다.『소유냐 존재냐』로 유명한 에리히 프롬과『이방인』으로 잘 알려진 알베르 까뮈 등의 저서를 탐독하면서 실존적 경향에 깊은 인상을 받았다(정과리,「김현 다시 읽기」, 한국문학관협회 홈페이지 참조).

문학평론가 김현

초의 연구물이다. 고전에서 현대에 이르기까지 서로 다른 경향들에도 깊은 관심을 갖고 연구하여 『존재와 언어』(1964), 『한국문학의 위상』(1977), 『분석과 해석』(1988) 등을 남겼다. 또한 그는 불문학자로서 좀 더 세계적이고 보편적인 관점으로 우리 문학을 읽어내고 거기서 의미를 끌어내기 위해 외국문학 연구에도 관심을 보여 『바슐라르 연구』(곽광수와 공저, 1976), 『현대비평의 혁명』(1977), 『문학사회학』(1980), 『미셸 푸코의 문학비평』(1989), 『시칠리아의 암소』(1990) 등을 펴내기도 했다. 그가 죽은 뒤에도 평론집 『말들의 풍경』(1990), 유고일기 『행복한 책 읽기』(1992) 등이 나왔으며, 1993년에는 문학과지성사에서 『김현문학전집』 전 16권이 집대성되었다. 외국문학 논문상(1988), 제1회 팔봉비평문학상(1989) 등을 받았다.

작품세계와 문학적 평가

김현은 인간의 실존 문제를 제기하며 평단에 뛰어든 비평가이다. 한국문단에서 비평이란 장르를 미학적 차원으로 승화시키고, 비평에 대한 이

김현 전집(사진 목포 문학관)

론을 최초로 정립한 이가 바로 그이다. 기실, 김현이 등단하기 전까지 비평은 시인이나 작가의 글을 분석하고 해설하는, 문학에 기생하는 잡문이라는 평가를 받았다. 어쩌면 김현이란 불세출의 평론가가 없었다면, 비평은 여전히 문학의 변방에 머물러 있을지도 모를 일이다.[19] 그가 타계한 뒤 "백 년에 한 번 나올까 말까 한 평론가"(시인 황지우), "그가 도달한 정신의 봉우리는 공허한 이념이나 낭만적 환상의 그림자를 배제하고 있어서 너무나 맑고 투명"(문학평론가 김치수), "그는 김현적 풍경이라고 이름 붙일 만한 독특한 글의 풍경을 펼쳐"(문학평론가 정과리)라는 찬사가 나올 만큼 당대의 한국문학에 넓고 깊은 영향을 미쳤다.

또한 그는 자신의 또래가 4월 혁명의 이념인 자유와 민주정신을 승계한 적자라고 굳게 믿으며 식민지 언어가 아니라 한글로 사유하고 한글로 글을 쓴 제1세대임을 자랑스럽게 생각하였다. 또한 그는 엄청난 독서량

---

19 정과리, 앞의 글.

과 섬세하면서도 날카로운 작품 분석, 인문학 전반을 아우르는 드넓은 지적 관심, 그리고 명료하고 아름다운 문체로 비평을 독자적인 문학 장르로 끌어올린 최초의 비평가로 평가되고 있다. 특히 그의 비평 문체는 이른바 '김현체'라고 불릴 정도로 높은 평가를 받았으며, 비평의 대상이 된 작가들이 즐겨 읽을 만큼 매혹적이었다. 따라서 그는 작품 분석을 중심으로 하는 실제 비평의 영역에 있어서 먼 훗날까지도

『산문시대』 창간호
(사진 목포문학관)

뛰어넘기 어려운 봉우리로 남아 있을 것이 틀림없으며, 이 땅에서 가장 독창적인 언어 세계를 보여준 비평가였다고 하겠다.

그리고 그는 평론문학의 불모지나 다름없었던 남도에 본격적인 비평의 씨앗을 뿌린 사람이었다. 그러나 목포에서 거주한 기간이 짧은(10년 미만) 데다가, 평소 지방색(전라도 출신)에 대한 콤플렉스로 전라도에 관한 글을 쓰지 않았고, 전라도 출신 문인들에게 상대적으로 무관심했던 부분이 아쉬운 점으로 지적된다.

문학 현장 – 동인회 '산문시대' 결성과 목포 오거리
(주소 : 목포시 해안로249번길)

목포 오거리는 김현이 1960년대 초반 김지하, 최하림 등과 함께 문학적 감수성을 익혀나간 문학적 현장이다. 1962년 서울대 불문학과 재학 시절에 『자유문학』에 문학평론 「나르시스의 시론－시와 악의 문제」를 발표하여 문단에 등단한 그는 같은 해 여름 김승옥, 최하림 등과 이곳에서 동인회 '산문시대'를 결성하고 우리나라 최초의 소설동인지 『산문시대』 창간을 주도했다. 2호부터 강호무·김산초·김성일·염무웅·김치수·서정인 등이

1950~1970년대 목포 예술인들의 아지트였던 목포 오거리

가세한 이 동인지는 1968년 이른바 4·19 세대가 대거 참여한 동인회 '68 그룹'의 문예지 『68문학』과 함께 1970년 가을 김현·김병익·김치수·김주연 등이 창간한 문학 계간지 『문학과지성』의 모태가 되었다. 이후 김현은 『문학과지성』(약칭 '문지')[20]의 문학적 이념과 편집·기획을 주도하면서 수많은 평론을 발표해 한국 평론문학의 독보적 존재로 군림했다.

김현이 살았던 집 주소는 목포시 북교동 127번지(목포시 불종대길21번길3-1)이다. 새로 지은 것으로 보이는 지금의 2층짜리 양옥(2필지)에는 현재 사업을 하는 사람이 살고 있다. 그의 아버지가 경영한 '구세약국'은 나중에 '백제약국'과 함께 선창가에 있는 지금의 하나노인복지회관(목

---

20 이 문예지는 40호를 발간하고 군사정권에 의해 강제 폐간되었다가 1988년부터 『문학과사회』로 이름을 바꾸어 복간되었다. 1966년 창간한 『창작과비평』과 함께 한국 문예지의 양대 산맥으로 불리고 있다.

김현이 살았던 목포의 집

포시 해안로229번길9-1) 자리로 옮겨 계속 호황을 누렸다고 한다. 그리고 1995년 김현문학비건립위원회가 세운 김현 문학비가 목포문학관 앞에 세워져 있으며, 2011년 목포문학관에 '김현관'이 들어섰다.

탁월한 평론가이자
번역가 황현산과 비금도

작가 소개

　문학평론가 황현산黃鉉産(1945~2018)은 목포시 온금동(다순구미)에서 태어나 어린 시절 잠시 신안 비금도[21]에 살다가 다시 목포로 나왔다. 목포 문태고등학교를 거쳐 고려대학교 불어불문학과를 졸업하고 동 대학원에서 석사 학위와 박사 학위를 받았다. 경남대학교 불어불문학과와 강원대학교 불어불문학과 교수를 거쳐 고려대 불어불문학과 교수로 재직하던 1982년 번역서 생텍쥐페리의 『어린 왕자』와 1984년 파스칼 피아의 『아뽈리네르』를 펴내면서 번역가로 활동을 시작했으며, 1990년 문예진흥원이 펴내는 『문화예술』에 번역론을 써서 발표하면서 뒤늦게야 문학평론가로 등단했다. 그런 의미에서 그는 늦깎이이자 등단이라는 요식 행위를 거치지 않은 문인의 전형이다. 하지만 이후 왕성한 저술 활동으로 단숨에 뛰어난 평론가의 반열에 올랐다.

　그가 펴낸 저서들은 대부분 2000년 이후에 집중되어 있다. 평론집으로 『말과 시간의 깊이』(2002), 『잘 표현된 불행』(2012), 『황현산의 현대시

21　"다섯 살 때 한국전쟁이 터지자 할아버지 고향인 섬으로 피란 간 거다. 목포로 돌아가 중학교에 진학할 때까지 7년을 살았다."(인터뷰―「이 시대의 낭만 가객이자 엄격한 문학평론가 황현산」, 〈중앙일보〉, 2017년 10월 13일자)

문학평론가 황현산

산고』(2020)가 있으며, 번역서로 스테판 말라르메의 『시집』(2005), 드니 디드로의 『라모의 조카』(2006), 발터 벤야민의 『보들레르의 작품에 나타난 제2 제정기의 파리/보들레르의 몇 가지 모티프에 관하여 외』(2010)와 공동번역서 기욤 아폴리네르의 『알코올』(2010), 앙드레 브르통의 『초현실주의 선언』(2012), 샤를 피에르 보들레르의 『파리의 우울』(2015), 앙투안 드 생텍쥐페리의 『어린 왕자』(2015), 샤를 피에르 보들레르의 『악의 꽃』(2016), 기욤 아폴리네르의 『사랑받지 못한 사내의 노래』(2016), 로트레아몽의 『말도로르의 노래』(2018)가 있다. 또 산문집으로 『우물에서 하늘보기』(2015), 한때 인구에 회자되던 『밤이 선생이다』(2016), 『황현산의 사소한 부탁』(2018), 『내가 모르는 것이 참 많다』(2019)가 있다.

한국번역비평학회 명예회장과 한국문화예술위원회 제6대 위원장으로 활동했고, 2012년 제23회 팔봉비평문학상·제20회 대산문학상·아름다운 작가상을 수상했다. 2018년 8월 8일 향년 73세에 췌장암으로 별세했다.

비평집 『말과 시간의 깊이』　　『내가 모르는 것이 참 많다』

작품세계와 문학적 평가

황현산은 김현 이후 한국이 낳은 최고의 번역가이자 평론가로 평가받고 있다. 또한 그는 여러모로 동향의 선배 평론가인 김현과 겹치는 점이 많다. 목포 문태고등학교와의 인연이 있는 점이 그렇고(단, 김현은 입학만 했다가 그만두었음), 일찍부터 목포를 떠나 서울에서 활동했기에 목포 사람들에게 뒤늦게야 알려진 점이 그렇고, 프랑스 문학을 전공한 번역가이자 평론가라는 점, 다시 말해 외국문학 연구를 통해 좀 더 세계적이고 보편적인 관점으로 우리 문학을 읽어낸 점이 그렇다. 특히 두 사람은 문체에 있어서 좋은 비교 대상이다. 김현이 명료하고 아름다운 문체로 비평을 창작에 기생하는 장르가 아니라 독자적인 문학 장르로 끌어올렸다면, 그는 "진실을 꿰뚫으면서도 해석의 여지와 반성의 겨를을 누리는 새로운 문체"로 독자로 하여금 지적이면서도 다층적 사고를 하도록 유도한다는 특징이 있다.[22] 그러나 두 사람이 서로 다른 점도 있다. 김현은 유학파인데 그는 국내파라는 점, 김현은 일찍 등단했는데 그는 늦깎이라는 점, 단

---

[22] 박상미, 「황현산·정산, 한국에서 유일한 '평론가 형제'」, 『주간경향』 1126호, 2015년 5월 19일. 문단에서는 이 두 사람의 평론 문체를 각각 '김현체'와 '황현산체'로 별칭하고 있다.

명한 김현(48세)보다 그(74세)가 좀 더 오래 산 점이 그렇다.

문학 현장 – 황현산 문학의 원천 비금도

(주소 : 전 신안군 비금면 가는목길137)

전술한 바대로, 황현산이 어린 시절 7년 동안 살았던 신안군 비금도는 그가 문학을 하도록 만든 모태이며 자양분에 해당하는 곳이다. 그는 산문집『우물에서 하늘 보기』출판기념회 자리에서 어린 시절 신안 비금도에서 살았던 일이 문학을 하고 시를 공부하는 오늘의 자신을 만들었다며 그곳에서 배운 '말'에 대해 다음과 같이 술회하고 있다.

황현산이 태어난 다순구미(온금동) 마을

비금도 하누넘 해변

제가 우리 섬 말로 말하면 여기 계신 분들은 거의 못 알아들으실 거예요. 그렇게 심한 섬 사투리를 쓰고 있었는데, 학교에 들어가고 나서 교과서로 표준어를 배우기 시작했어요. 그러면서 참 빨리 배웠어요. 내가 배운 섬 말이 있고 새로 배운 표준어가 있으면, 글을 쓸 때 섬 말을 금방 표준어로 바꿔 쓸 수 있었어요. 그 과정 속에서 느끼는 어떤 희열 같은 게 있습니다. 공대를 다니거나, 수학을 공부하거나, 경제학과에서 수식을 다루거나 하는 분들이 대개 가지고 있는 꿈은 굉장히 복잡한 현상을 수식으로 간단히 표현해내는 것입니다. 제가 섬 말을 표준어로 바꿔서 글쓰기를 하면서 느꼈던 흥분이 바로 그런 것과 비슷한 것 같아요. 뭔가를 수식화하는 것과 같은 흥분인 것이죠.[23]

그리고 그는 시와 친숙해지려는 독자들에게 "시는 이 세계와 다른 세계를 연결시키려고 온갖 장난을 치고, 실험을 합니다. 여기에 동참하십시오. 그러면 시가 굉장히 친숙하게 다가올 것입니다. 그리고 어떻게 해서든 다른 세계로 건너가야겠다는 소망을 품으십시오. 그러면 시가 동지처럼 생각될 것입니다."[24]라고 시 읽기와 쓰기의 방법을 알려주고 있다.

---

23 지예원, 「황현산의 『우물에서 하늘 보기』 출간 기념 독자와의 만남−시가 어떻게 내게로 왔는가」, 황현산의 페이스북·트위터 2015년 12월 28일자.
24 위의 글.

불꽃 같은 혁명시인 김남주와
김남주 생가

작가 소개

시인 김남주

김남주는 1946년 전남 해남군 삼산면 봉학리에서 출생했다. 빈농에서 태어난 그는 십 리도 더 되는 시골길을 걸어 읍내에 있는 중학교에 다녔지만, 전교 1등을 놓치지 않을 정도로 두뇌가 명석했다고 한다. 전체 군 단위에서 명문 고교 입학생이 한 명 나올까 말까 했던 시절, 김남주는 호남 최고의 명문인 광주제일고등학교에 입학하였으나, 획일적인 교육 체제에 반발하여 자퇴했다. 1969년 검정고시를 거쳐 전남대학교 영문학과에 입학했지만 남민전사건으로 투옥되면서 학교에서 제적당했다. 1979년 징역 15년형을 선고받았고, 1988월 12월 21일 형집행정지로 9년 3개월 만에 가석방되었다.

그는 1974년 『창작과비평』 여름호에 「진혼가」, 「잿더미」 등 7편의 시를 발표하며 문단에 들어섰다. 시집으로 『진혼가』(1984), 『나의 칼 나의 피』(1987), 『조국은 하나다』(1988), 『솔직히 말하자』(1989), 『사상의 거

시집『조국은 하나다』   시집『솔직히 말하자』

처』(1991), 『이 좋은 세상에』(1992), 『나와 함께 모든 노래가 사라진다면』
(1995) 등이 있다.[25] 1991년 신동엽 창작기금을 수상하였으며, 1994년 2
월 13일 지병인 췌장암으로 서울 고려병원(현 강북삼성병원)에서 타계하
였으며 광주 망월동 5·18 묘역에 안장됐다.

작품세계와 문학적 평가

투철한 저항정신과 이념적인 급진성 때문에 김남주의 시에 대한 반응
은 엇갈린다. 염무웅이 "70년대의 문학을 김지하가 버텨냈다면, 80년대
를 버티고 있는 것은 김남주"라고 말한 것처럼 김남주는 1980년대 우리
문학사에서 빼놓을 수 없는 독보적 위상을 차지한다. 외세에 의한 분단
문제와 민중의 억압과 착취에 대한 저항 정신이 시 세계의 중심에 있다는
점에서 그의 시는 1960년대 신동엽, 1970년대 김지하의 현실 인식과 맞

---

25 시선집으로는 『학살』(1988), 『사랑의 무기』(1989), 『함께 가자 우리 이 길을』(1991), 『꽃 속에
피가 흐른다』(2004)가 있다. 번역서로 『자기 땅에서 유배당한 자들』(프란츠 파농) 『아트 트
롤』(H. 하이네) 등과 유고시집 『나와 함께 모든 노래가 사라진다면』(1995) 외에 옥중 서한집
과 산문집을 『시와 혁명』을 남겼다.

닿아 있다고 하겠다. 또한 강렬한 풍자 정신과 비판 정신을 나타내며 자신의 내부에 도사린 적에 대한 비판과 폭로를 함께 보여준다는 점에서는 김수영의 시와 유사한 측면이 있다. 그러나 김수영의 시가 소시민적 비겁함에 대한 반성적 성찰에 머물렀다면, 김남주의 시는 현실세계에서의 적극적인 저항과 투쟁의 몸짓을 보여주었다는 점에서 큰 차이가 있다.

문학 현장 – 「진혼가」와 김남주 생가
(주소 : 전남 해남군 삼산면 봉학길98)

이처럼 김남주는 그 누구와도 비견될 수 없는 강한 비판 정신을 통해 독특한 시 세계를 구축하였다. 1980년대를 수놓은 민중시가 시적 형식면에서는 구호에 가까웠지만, 그의 시는 자신만의 독자적인 기법을 통해 민중시가 지닌 한계를 극복했다. 김남주의 시에 자주 나타나는 풍자와 패러디(parody), 반복 등이 이를 방증한다.[26] 그는 500여 편이 넘는 옥중시를 창작했으며, 수감 중에 쓴 시의 대부분을 외워서 출감하는 학생들에게 전하거나 면회 온 민주인사들에게 구술로 전달했다. 말하자면, 김남주에게 감옥은 또 다른 투쟁의 장이자 창작의 산실이었다. 평소 "어이, 나는 시인이라기보다는 전사戰士여, 전사!"라고 말했던 김남주에게 시는 독재와 싸우는 무기였다. 다른 한편으로는 일상의 삶에 안주하며 시대의 부정과 불의를 묵인하려는 소시민적 태도에 대한 채찍이었다. 하지만 독재 정권에 맞선 그에게 돌아온 것은 육신의 고통뿐이었다. 이런 참담함이 육화된 시가 바로 「진혼가」이다.

총구가 내 머리숲을 헤치는 순간/나의 신념은 혀가 되었다/허공에서

---

26 일제 강점기에 유행했던 노래 가사부터 김소월, 김수영에게 이르기까지 많은 현대 시인들의 시구를 차용하여 텍스트끼리 상호 관련을 맺게 하는 그의 패러디 기법은 다른 시인들에게서는 좀처럼 발견하기 힘든 표현법이었다.

김남주 생가

허공에서 헐떡거렸다/똥개가 되라면 기꺼이 똥개가 되어/당신의 똥구멍
이라도 싹싹 핥아주겠노라/혓바닥을 내밀었다//나의 싸움은 허리가 되
었다/당신의 배꼽에서 구부러졌다/노예가 되라면 기꺼이 노예가 되겠노
라/당신의 발밑에서 무릎을 꿇었다 (중략) 참기로 했다/어설픈 나의 신
념 서투른 나의 싸움은 참기로 했다/신념이 피를 닮고/싸움이 불을 닮
고/자유가 피 같은 불 같은 꽃을 닮고 있다는 것을 알 때까지는

― 「진혼가」 부분

　　감옥에서 풀려난 이후에도 김남주는 지배계급의 허위를 불꽃같은 시
를 통해 폭로하며 온몸으로 시대의 어둠을 밀고 나갔다. 그의 시가 겨냥
한 칼끝은 광주민주화항쟁을 경험한 세대의 문제의식이 도달한 지점이
어디인지를 선명하게 보여주었다.
　　이렇듯 강력한 비판 정신으로 무장한 김남주의 시는 일견 전통 서정에

감옥에서 쓴 육필시 「다산이여 다산이여」. 우유갑에 날카롭게 간 칫솔 끝으로 새겼다

대한 거부의 몸짓을 나타내지만, 한편으로 그의 시 밑바탕에는 전통적 정서가 흐른다. 시인 스스로 자신이 투사임을 자처하면서 시를 투쟁의 도구로 여기고 순수서정을 배제하려고 하였으나, 그럴 수만은 없었던 것은 김남주의 시심이 고향을 기반으로 한 순박한 서정에서 출발하기 때문이다.

그가 고향에서 보낸 유년 시절은 자연에 대한 사랑, 생태학적 세계관을 싹 틔우게 한 발로가 되었다. 특히 김남주가 태어난 해남은 뛰어난 시인을 많이 배출한 고장이다.

> 찬서리
> 나무 끝을 나는 까치를 위해
> 홍시 하나 남겨둘 줄 아는
> 조선의 마음이여
>
> – 「옛 마을을 지나며」 전문

김남주가 혁명성 못지않게 함축과 여운, 시에서의 서정을 중요하게 여기고 있음을 보여주는 시이다. '찬서리'가 쌓여 먹이마저 찾기 힘든 추운 계절, 까치를 위해 홍시를 남길 줄 아는 민중의 마음, 그 마음은 인간과 자연이 하나가 된 마음이며, 타자를 배려하는 넉넉한 고향의 마음이다. 그가 비록 불의에 항거하는 혁명가이자 투사의 길을 택했지만, 김남주가 끝내 꿈꾸던 세상은 대지와 인간에 대한 순결한 사랑이 가득 찬 풍경이었다. 거칠게 쏟아내는 메시지 강한 그의 시들을 읽다가도, 이제 막 삽으로 퍼낸 황토처럼 흙냄새가 느껴지는 시편을 발견할 수 있는 것은 바로 이러한 연유 때문일 것이다. 불과 마흔아홉 살의 나이로 생을 마친 그를 추모하는 자리에서 황지우는 "아아, 혁혁한 전사여, 혁명가여, 그러나 끝끝내 시인이여, 이 저주받은 대지를 노래한 시인이여"라며 그의 죽음을 안타까워했다. 날카로운 현실 인식과 염결한 시 정신으로 "자유와 해방"을 노래한 그는 말 그대로 불꽃처럼 뜨거운 삶을 살다 갔다. 이런 시인의 정신을 기리기 위하여 해남군에서 김남주의 생가를 복원하여 혁명시인의 정신을 추앙하고 있다.

한국 해체시의 선두 주자 황지우와 금남로

작가 소개

시인 황지우

황지우는 1952년 전남 해남군 북평면에서 빈농의 3남으로 출생하였다. 본명은 황재우黃在祐이다. 1955년 광주로 이사 가서 광주일고를 졸업한 후 1972년 서울대 미학과에 입학하였고, 1973년 박정희 유신정권 반대 운동으로 수감되었다. 1980년 〈중앙일보〉 신춘문예에 「연혁沿革」이 입선으로 당선, 같은 해 『문학과지성』에 「대답 없는 날들을 위하여」 등을 발표하면서 작품 활동을 시작했다.

1980년 5·18민주화운동에 가담하다 구속되었던 황지우는 한 언론 매체와의 인터뷰에서 "내가 시를 쓰게 된 것은 우리 사회 때문이었다"라며 당시의 심정을 토로했다. 그는 광주시민 학살을 규탄하는 유인물을 배포한 혐의로 체포되어 심한 고문을 받았고, 여름 내내 투옥된 후 풀려났다. 서울대학교 대학원 석사 과정에 재학 중이던 그는 구속된 탓에 학교에서 제적당한 뒤, 서강대 대학원 철학과에 입학하여 석사 학위를 받았다. 홍익대학교 대학원 미학과에서 박사과정을 마치고, 1994년부터 한신대 문예창작학과 교수로 재직했다. 1997년부터 2018년까지 한국예술종합학교 연극원 극작과 교수로 근무했고, 총장을 역임(2006년~2009년)하였다. 1983년 제3회 김수영문학상을 수상한 데 이어 1991년 제36회 현대문학상, 1994년 제8회 소월시문학상, 1999년 제1회 백석문학상, 제7회 대산문학상, 2006년 옥관문화훈장을 받았다. 대표적인 시집으로는 『새들도 세상을 뜨는구나』(1983), 『겨울-나무로

시집 『겨울-나무로부터 봄-나무에로』

부터 봄-나무에로』(1985), 『나는 너다』(1987), 『게 눈 속의 연꽃』(1990), 『어느 날 나는 흐린 주점에 앉아 있을 거다』(1998) 등이 있으며, 희곡으로 『오월의 신부』(2000)가 있다.

작품세계와 문학적 평가

이성복, 박남철 등과 함께 1980년대 이후 한국 모더니즘 시를 대표하는 황지우의 시는 사회 현실의 부조리와 모순을 강하게 비판한다. 이런 그의 시는 독자들에게 새로운 충격과 감동을 주었으며, 많은 후배 시인들에게 새로운 시의 전범으로서 인용의 대상이 되기도 했다. 특히 초기 시의 두드러진 특징으로 형태 파괴를 통한 풍자 기법을 들 수 있다. 황지우는 뒤틀린 언어를 통하여 부정의 정신과 슬픔을 드러내며 한국 사회를 풍자했고, 이는 문학사적으로도 큰 성공을 거두었다.

이렇듯 그가 이룬 두드러진 문학적 성과는 언어 사용의 대담성이다. 첫 시집 『새들도 세상을 뜨는구나』와 두 번째 시집 『겨울-나무로부터 봄-나무에로』는 일반 서정시의 문법을 따르지 않고, 실험성과 전위적 기

법을 통해 한국 풍자시의 새로운 지평을 열었다는 평가를 받았다. 황지우는 일상생활에서 흔히 볼 수 있는 잡다한 소재, 즉 벽보, 묘비명, 해외 토픽, 신문의 심인광고 등을 시에 활용했다. 예를 들면, "김종수 80년 5월 이후 가출"이라는 시행은 광주민주화운동을 연상하게 하며, 가출한 '김종수'의 소식이 끊겼다는 것은 인물의 죽음을 의미하는 것으로 읽힌다. 또한 "나는 그 불 속에서 울부짖었다/살려 달라고/살고 싶다고"로 시작하는 「비화飛火하는 불새」는 1980년 5월에 고문당하면서 의식을 잃어가는 자신의 처절한 상황을 형상화하였다. 시행을 삼각형으로 배열하여 무등산의 형상을 보여주는 「무등」은 생명을 포용하고 평등을 추구하는 무등산을 통해 광주민주화운동의 역사적 의미를 일깨운다.

세 번째 시집, 『나는 너다』(1987)에 나타난 시적 변모도 주목할 만하다. 이 시집에서는 이전 시집에서 보여주었던 풍자나 형태 파괴의 문법이 사라지고, 새로운 길 찾기 양상이 발견된다. 네 번째 시집 『게 눈 속의 연꽃』(1990)에서는 선禪적 세계를 바탕으로 고통마저 껴안는 모습을 보여주었다.

특히 이 시집에 실린 「너를 기다리는 동안」은 독자들로부터 많은 사랑을 받았다. 이 시는 갑자기 원고 공백이 생겼다는 어느 잡지사의 청탁을 받고, 가벼운 마음으로 불과 5분여 만에 써 내려간 시였다고 한다. 말하자면, 10대 여학생들이 보는 하이틴 잡지라 별다른 관심을 두지 않았던 것인데 어느 날, 유명 성우의 목소리에 실려 이 시가 라디오 전파를 타게 되자 시인에 대한 독자들의 문의가 빗발쳤다. 그 뒤로 민주, 평화에의 염원을 담은 착어著語가 붙은 시로 재간행이 되었고, 「너를 기다리는 동안」은 연애시가 아닌, 민주주의와 자유에 대한 열망이 담긴 시로 다시 회자되었다. 황지우는 이런 상황을 부끄럽게 여겼지만, 2000년 남북정상회담 당시, 이산가족을 찾는 방송프로그램을 보고 나서 생각을 바꾸게 되었다고 한다. 「너를 기다리는 동안」이 자막으로 깔리며 낭송되는 순간, 오열하

무등산

는 이산가족들의 애끓는 얼굴이 TV 화면에 클로즈업되었던 것이다.

문학 현장 –「화엄광주」와 금남로(주소 : 광주광역시 동구 문화전당로38)·**무등산**

　주지하다시피 황지우 시의 대표적인 현장은 광주다. 독재 정권을 향한
부정과 사회 현실에 대한 비판적 성격을 띠고 있으며, 2년 간격으로 출
간(1983년과 1985년)된 첫 시집과 두 번째 시집에서 자주 형상화된 장소
가 바로 '광주'였다. 이는 황지우가 서울에서 활동한 시기라 할지라도 그
의 작품들이 광주를 기반으로 한 남도의 역사적 현장과 밀접한 연관 속에
서 창작되었음을 시사한다. 이광호 평론가도 황지우의 시가 서정의 옷을

5·18 당시 광주 금남로

입고 있을지라도 "'광주'라는 거룩한 역사적 공간이 누워 있"다고 지적했다. 황지우는 『게 눈 속의 연꽃』에서 무려 11쪽에 걸쳐 「화엄광주華嚴光州」를 냉소적 어조로 형상화하였다. 대표작인 「새들도 세상을 뜨는구나」에서도 시니컬한 어조로 왜곡된 현실을 풍자했다.

> 영화가 시작하기 전에 우리는/일제히 일어나 애국가를 경청한다/삼천
> 리 화려 강산의/을숙도에서 일정한 군群을 이루며/갈대숲을 이룩하는 흰
> 새떼들이/자기들끼리 끼룩거리면서/자기들끼리 낄낄대면서/일렬 이열
> 삼렬 횡대로 자기들의 세상을/이 세상에서 떼어 메고/이 세상 밖 어디론
> 가 날아간다/우리도 우리들끼리/낄낄대면서/깔쭉대면서/우리의 대열을
> 이루며/한 세상 떼어 메고/이 세상 밖 어디론가 날아갔으면/하는데 대한
> 사람 대한으로/길이 보전하세로/각각 자기 자리에 앉는다/주저앉는다
>
> — 「새들도 세상을 뜨는구나」 전문

1980년대는 엄혹했던 군사 정권이 지배했던 시기이다. 극장에 가면

영화가 시작되기 전에 관객들이 일제히 일어나서 부동자세로 애국가를 경청해야 했다. 자리에 앉은 후에도 국정 홍보물인 〈대한늬우스〉까지 봐야만 했다. 극장 내 애국가 제창은 1989년에 폐지되었지만, '대한뉴스'로 맞춤법을 바꾼 〈대한늬우스〉 상영은 1994년이 되어서야 폐지되었다. 민중을 탄압하는 군부 독재의 현실과 달리 애국가가 울려 퍼지는 스크린 속의 세계는 평화롭고 아름답기만 하다.

시인은 이런 멋진 영상이 군사 정권의 우민화愚民化 정책 중 하나이며 꾸며낸 현실임을 꿰뚫어 본다. 을숙도에서 날아오르는 새 떼의 모습을 보면서 "우리도 우리들끼리/낄낄대면서/깔쭉대"는 것은 불의한 세상에 대한 조롱과 야유의 의미를 함의한다. 암담하고 답답하기만 한 현실을 견뎌야 하는 관객들의 처지는 자유롭게 날아가는 스크린 속의 새 떼와 대조적이다. 시적 화자는 억압된 이 현실에서 벗어나고 싶고 새처럼 자유롭게 날 수 있는 그런 세상을 꿈꾸지만, 애국가가 끝나면 모두가 "각각 자기 자리에" 주저앉을 수밖에 없음을 알고 있다. 이런 시적 정황은 바로 1980년대를 지나온 서민들의 자화상에 다름 아니다. '전남대학교 정문', '공용터미널', '광주 공원', '광천동', '도청' 등 소제목으로 구성된 연작 장편인 이 시는 황지우가 지난 1980년대를 살아가면서 구축한 '공동체적 서정'의 정수라 하겠다. 이렇듯 정치성·일상성·종교성이 복합적으로 투영된 황지우의 시는 5월 광주의 참혹했던 과거와 오늘을 대비하면서 광주의 새로운 의미를 규정하고 있다.

오월의 소설가 임철우와 평일도

작가 소개

    임철우는 1954년 전남 완도군 금일읍 평일도에서 4남 3녀 중 3남으로 태어났다. 유년 시절부터 임철우는 육지에서 공무원으로 근무하던 부친과 떨어져서, 외딴섬의 조부모와 함께 생활했다고 한다. 너무 어린 시절에 겪은 부모의 부재는 그에게 외로움과 혼돈을 안겨주었다. 그가 10살 되던 무렵 광주로 이사하면서 비로소 온 가족이 함께 살게 되었지만, 어린 임철우는 새로운 환경에 잘 적응하지 못했다. 계림초 3학년 때 임철우는 처음으로 가출을 해서 목포 등지로 돌아다니며 불안한 학창 시절을 보냈다. 하지만 광주 숭일고 2학년 때부터 마음을 잡고 학업에 몰두하여 전남대학교 영문학과에 입학하였다. 재학 당시부터 소설 습작을 시작한 그는 제대한 후 복학하자마자 교내 문학상에 응모했다. 연속으로 당선되면서 자신감을 얻었지만, 광주민주화항쟁으로 인해 고향에 내려가야만 했다. 평일도에서 무기력한 시간을 보내던 그는 본격적으로 작가의 길을 가야 하겠다는 생각을 품고, 광주로 돌아와서 소설 쓰기에 몰두하였다.

    그는 1981년 〈서울신문〉 신춘문예에 「개 도둑」이 당선되어 문단에 나왔다. 전남대 영문과를 졸업한 뒤 서강대학교 대학원에서 영문학 석사, 전남대 대학원에서 영문학 박사과정을 졸업했으며, 한신대 문예창작학과 교수

소설가 임철우

로 근무(1995~2016)하며 후학을 양성했다. 저서로 『사평역』, 『눈이 오면』, 『아버지의 땅』, 『그리운 남쪽』, 『붉은 산 흰 새』, 『그 섬에 가고 싶다』, 『봄날』 등이 있다. 이상문학상, 요산문학상, 대산문학상 등을 수상하였다.

작품세계와 문학적 평가

　　임철우는 휴머니즘에 대한 깊은 신뢰와 유려한 문체를 통해 이데올로기의 폭력성과 인간성 왜곡을 비판하는 작품을 다수 발표했다. 그에 대한 평가는 '서정시인'에서부터 '리얼리스트'까지 그 간극이 무척 크다. 초기 작품은 광주항쟁을 알레고리 기법으로 우회하거나 매우 정치한 리얼리즘적 기법으로 풀어냈다. 남북 분단, 한국전쟁, '5월 광주'라는 현대사를 관통하는 무거운 주제를 다루면서도 다른 리얼리즘 작가들과 달리 '서정'이라는 자신만의 독특한 세계를 입혔다는 특성이 있다. 가령 「사평역」에서 그가 보여준 인간에 대한 믿음과 서정적인 묘사와 문체는 임철우 문학세

『직선과 독가스』

계를 설명하는, 수레바퀴의 다른 한 축을 형성한다.[27]

　임철우는 역사적 사건에 정면으로 마주하지 못한 인물들의 죄의식과 기억에 관한 문제를 일관되게 다뤘다. 거의 모든 작품에서 '5·18광주민주화항쟁'이란 키워드가 등장하는데, 이는 작가의 속죄의식과 원체험이 반영된 결과일 것이다. 임철우는 전남대 재학 시절에 '5·18'을 겪었다.[28] 계엄군이 들어오던 그때, 도움을 요청한 친구 박효선과의 약속을 지키지 못하였고, 친척집 다락방에 숨어 있다가, '살아남은 자'가 되었다. 이런 부채의식이 그를 작가로 만들었고, 광주항쟁을 다룬 작품을 지속적으로 발표하게 했다. 소년기와 청년기를 보낸 '광주'라는 공간은 한 작가의 인생과 가치관을 송두리째 바꿔놓은 역사적 장소가 되었다. 첫 작품집을 발표하던 무렵 '광주'를 언급하는 것은 위험한 일이었다. 그리하여 임철우는 정치적 탄압을 피해 알레고리로 이야기를 풀어갔지만, 그것이 무엇을 의미하는지 눈 밝은 독자들은 쉬이 알 수 있었다. 「동행」(1984)을 발표하면서부터 임철우의 문학세계는 '광주'라는 '형체'를 보여주기 시작했다. 「사산하는 여름」(1985)과 12회 이상문학상 수상작인 「붉은 방」(1988년), 「직선과 독가스」(1989년)에서도 그는 광주의 역사적 상처를 환기하였다.

27　대학 동문이자 친구인 곽재구 시인의 시를 좋아해서 암송하다 보니 저절로 가상의 사평역 풍경이 그려져서 소설을 쓰게 되었다고 한다('작가와의 대화', 김동기 한서고등학교 국어교사 블로그, 2011년 4월 10일자 인터뷰).

28　임철우는 여러 매체를 통해서 '광주민주화항쟁' 이후 오랫동안 만성적인 죄의식에 시달렸으며, 그 죄의식이 작가로서의 소명의식과 함께 정신적 외상으로 자리 잡았다고 술회하였다.

평일도

문학 현장 – 『그 섬에 가고 싶다』와 평일도

(주소 : 전남 완도군 금일읍 구동길4)

특히 1997년 발간된 연작 장편 『봄날』은 임철우 문학의 완결판이라 할
수 있다. '낯선 형식을 통해 5·18의 재현적 의미를 무한히 증식하는 동시
에, 5·18을 새롭게 체험하게 하려 했다'는 평가를 받은 이 소설은 '소설적
파견'이란 객관적 틀을 통해 광주 곳곳에서 동시다발적으로 자행된 폭력
과 절규를 낱낱이 묘사한다.[29] 임철우는 학생, 하층 노동자, 룸펜, 천주교
사제, 기자, 진압군 등 다양한 군상의 행동과 내면 심리를 디테일하게 묘
사하며 수집한 자료와 증언을 토대로 그해 오월 열흘간의 '항쟁 전체'를
생생하게 복원했다.[30] 이를 위해 초점과 주인공을 달리하며 다큐멘터리

---

29 이 소설은 광주항쟁에 대한 논의가 차츰 사라져가던 1990년대 말, 광주의 상처를 환기시키
   고 다시 바라보게 하는 계기가 되었다. 임철우는 광주항쟁을 겪지 않았다면 스스로 작가가
   되지는 않았을 거라 밝히며, 작가로서의 소명의식과 상처 입은 영혼들에 대한 해원의 차원
   으로 이 소설을 썼다고 한다.

형식을 취한 이 특이한 형식의 소설은 광주항쟁을 다룬 소설의 백미로 평가받았다. 김병익은 임철우 문학의 본질을 '광주적 상상력'으로 보고 "그가 설령 6·25와 분단의 문제를 다루거나 고향을 잃은 사람들의 우수를 서정적으로 묘사하더라도, 그의 문학에서 큰 덩어리는 광주적 상상력으로 수렴시킬 수 있다."라고 평하였다. 마치 카메라를 들이대는 듯이 '오월 광주'를 사실성에 입각하여 증언하며 복기하는 이 소설에서 임철우는 무고하게 학살당한 시민들과 민주주의를 지키기 위해 싸운 사람들은 물론, 공수부대가 나타낸 폭력성의 연원, 더 나아가 살아남은 자들의 죄의식까지도 더듬는다.

"이 새끼들 끌고 가. 차에 실어!"/하나가 명령하자, 공수 두 명은 쓰러져 뒹구는 두 살덩이의 멱살을 사납게 일으켜 세운다. 피투성이가 된 얼굴들. 머리에서 흘러내린 피가 얼굴과 잠바까지 흥건히 적시고 있다./"머리통에 손 올려! 손!"/청년들을 끌고 얼룩무늬들은 금남로 쪽으로 사라져버렸다. 서씨는 걸음을 떼어놓기 시작한다. 자전거가 기우뚱거린다. 팔다리가 후들후들 떨린다. 서씨는 이를 악물었다. 발을 재게 움직였다. 그는 아내와 딸 순옥의 생각만 하려고 노력한다. 아내랑 딸은 지금쯤 대인시장에서 기다리고 있을 것이다. (…)/불현듯 까닭 모를 치욕감과 부끄러움. 조금 전 피투성이가 되어 바로 자신의 눈앞에서 끌려가던 두 청년의 모습이 자꾸 눈앞을 가로막는다. 서씨는 슬그머니 고개를 숙이고 길바닥만 내려다보며 걸음을 옮긴다.

— 『봄날』 제1권, 338쪽

---

30 장장 2천 페이지에 달하는 『봄날』 전 5권은 현재까지 '광주항쟁 전체'를 다룬 유일무이한 소설이다.

5·18 당시 광주 금남로 시위

　'광주'라는 문학적 고향 외에도 유년 시절을 보낸 섬에서의 직·간접 체험도 임철우의 작품세계에 지대한 영향을 미쳤다. 완도의 부속 섬인 평일도는 1978년이 되어서야 전기가 들어왔을 정도로 오지였다. 당시 이 마을에서 대학에 다니던 사람은 단 세 명뿐이었다. 한 사람은 임철우의 아버지이고, 다른 한 사람은 당숙이었다. 두 사람은 서울에서 대학을 다니다가 해방 무렵에 고향에 내려왔다. 둘 다 좌익 청년단을 조직하고 활동하였는데, 아버지는 도중에 발을 뺐으나 당숙은 청년단장을 맡아 지리산 빨치산이 되었다가 토벌대에 붙잡혔다. 「아버지의 땅」에서 좌익 활동을 하다 행방불명된 아버지를 하염없이 기다리는 어머니가 등장하는 것도 이런 자전적 요소와 관련이 있는 듯하다. 『그 섬에 가고 싶다』에서도 이와 비슷한 이야기가 나온다. 이 소설은 후퇴하던 경찰부대가 인민군으로 위장하고 나타나서, 인민군을 환영하러 나온 주민들을 학살한 '나주부대' 실제 사건을 모티프로 했다. 영원히 묻힐 뻔한 이 비극적 사건은 임철우의 펜을 통해 세상에 알려졌으며 영화로도 제작되었다.

그럼에도 불구하고 '오월 광주'에서 42년이 지난 현재, 광주 금남로와 충장로 등 어느 거리에서도 5·18의 참혹한 흔적과 뜨거움을 찾아보기는 쉽지 않다. 하지만 동시대의 아픔을 함께 통과하며 살아낸 사람이 아닐지라도, 그의 소설을 읽다 보면 임철우의 작가로서의 소명의식이 인간에 대한 무한하고 눈물겨운 믿음에서 시작된다는 것을 그 누구라도 알게 될 것이다.

·이 책은 (재)전남인재평생교육진흥원의 지원을 받아 제작되었습니다.

남도문학기행

초판1쇄 펴낸 날 | 2023년 8월 24일
초판1쇄 펴낸 날 | 2023년 8월 29일

지은이 | 김대현, 김선태, 김수형, 이대흠, 이현주, 임형
펴낸이 | 송광룡
펴낸곳 | 심미안
등록 | 2003년 3월 13일 제 05-01-0268호
주소 | 61489 광주광역시 동구 천변우로 487(학동) 2층
전화 | 062-651-6968
팩스 | 062-651-9690
전자우편 | simmian21@hanmail.net
블로그 | blog.naver.com/munhakdlesimmian
값 16,000원

ISBN 978-89-6381-420-9 03800